百人一首という感情

最果タヒ

リトルモア

はじめに

百人一首を詩の言葉で訳してほしい、という依頼を受けたのは二〇一六年。それまでも、百人一首には触れてきていたけれど、どれもが「勉強」としてだけだった。文節ごとに言葉を区切って、現代語に変換していき、時代背景と比べながら意味を考え、直訳していく。いつのまにか和歌っていうものは、そうやって楽しむものだと私は思い込んでいた。詩の言葉で訳す、か。そういえば、そんなこと、一度も考えたことはなかった、詩の言葉で、すでにある作品をなぞっていくこと、訳していくこと、想像が、なかなかできないでいた。詩は私にとって、白黒つけることのできない人の感情を、そのままで捉えるための言葉だった。たった一つの正解を、さぐるような場所において、詩は、どう存在できるというのだろう？　けれど、ふと思う。百人一首だって、本当は詩の一つだったはずなんだ。

詩であったものを、いつの間にか私は詩として見ることができなくなっていたのかなあ。勉強として、正解を見つけるためだけに読んでいた百人一首。それを、詩の言葉で訳そうと向き合った途端、一気にすべてがほどけていき、詩として正しさも間違いもない、あいまいな、感情が、感覚が、自然が、まどろみがこぼれていった。正解があるように思っていました、そんなことはなかったけれど。点数がつくのだと思っていました、そんなことはなかったのだけれど。そうだった、和歌もそのひとつひとつが、ひとりの人間によって、書かれたものだったのだなあ。読み解くために、言葉一つ一つに正確であろうとしていた私は、言葉の向こう側にある人間を、忘れてしまったし、言葉が生まれたその瞬間があったという、そのことも、きっと忘れてしまっていた。千年たっても、そこに誰かがいたという、そのことは変わるわけがありません。私は、詩の言葉で訳すならば、そこから辿っていきたいと思った。言葉は、いつも見つからない、気持ちやできごとにオーダーメイドのようにぴったりと合う、そんな言葉はどこにもない。だから日常においては、みんながわかってくれるであろう言葉に無理やり感情を押し込めて、それで「伝わった」

と思うことにしていたんだ。それでも、こぼれないように、そこにある感情を、自分の内側にあるものを、そのままで、言葉にできることを夢見ていた。だから、どこまでも書き続ける人がいて、話し続ける人がいて。和歌も、そうした探し続ける人々によって作られてきたものだと思う。

詩の言葉で訳すなら、言葉を探そうとしていた彼らの、当時の眼差しを見つけ出すことができるかもしれない。これを歌にしたいと、彼らが思った瞬間の、衝動や感情。それを辿っていくようにして、『千年後の百人一首』の現代訳は生まれました。また、この本では、千年の向こうがわで生きていた彼らの感情に触れていくことで、見えたもの、思ってしまったことをエッセイとして綴っています。記録でもなく、伝説でもない。歌だからこそ残っていた、白黒つけられない人々の感情。それを前にして、私から溢れていく言葉。よかったら一緒に、彼らに会いにいきましょう。

目次

百人一首という感情

1

秋《あき》の田《た》の かりほの庵《いほ》の 苫《とま》をあらみ
わが衣手《ころもで》は 露《つゆ》にぬれつつ

天智天皇

「秋の田んぼのそばにある、仮で作った小屋は、草を粗く編んだだけの簡素なものなので、そこで番をしている私の袖は露に濡れ続けている。」という歌。

夜に露に濡れながら、田んぼの見張りをする農民のつらさが詠み込まれているとされている。ただし、この歌はとても淡々としていて、涙や痛みの気配はなかった。私には、そこがむしろ生々しく思えていたんだ。どうしたって、鈍感になってしまうものだから。生活の、つらさ。苦しさ。心も、体も蝕んでいくが、行くところまで行かなければ、気づくこともできない、どれほどに苦しくても、悲しくても、それが「日常」となってしまうのだから。もしかすれば「日常」って、「何かに鈍くなる」ということでできているのかもしれないな。

冷たさ。夜にひとり、目を覚ましていること。夜通し田んぼの見張りをしなくてはいけないという、暮らし。それを、あくまで描写しつづける歌の言葉。波によって削れていく岩のように、沈黙のまま、すり減らされていく日々。けれど、もしかすれば夜露はすこしだけ、彼にとって特別だったのかもしれない。濡れた理由を歌の中で説明していることからもそれはわかる。鈍感になり、霧散していた彼の自意識は、夜露をきっかけにしてまた、束ねられ、そうして外へと漂いはじめたのかもしれなかった。

小屋の中にいるのだから、巡る星を見上げることはできない。目の前も薄暗く、時間が本当に流れているのかも曖昧だ、もしかしたらぐるぐる円環のなかを巡っているかもしれない、もう永遠に朝などこないのかもしれない、という予感を頭の中にころがしながら、見張りを続けている。夜という時間が当時の人にとって、どのような存在だったのか。あまりにも静かで、あまりにも暗く、ここに自分がいるのか、ということすら曖昧になってしまいそうだ。わずかな明かりだけがある。そのなかで自分の呼吸と、風の音が聞こえる。くりかえし、くりかえし、くりかえし、生きることは本当は、進むのではなくずっと、繰り返すことなのかもしれないと、そう、思ったときに落ちてくる夜露は、どのような存在だったのか。すうっと現実にもどしてくれるものであるかもしれない。冷たさも、そうだろう。見張りの苦しさそのものでありながら、どこか、夜がもたらす無から、自分を引きずりだしてくれるような、ポジティブなものであるのかもしれない。そうして彼は、自らすら見失いかけた末に、今、屋根の向こうで、夜が過ぎていっているのだと実感をする。戻ってきたんだ、繰り返しの中から。そうして、また明日へと進みはじめる。

2

春《はる》過《す》ぎて 夏来《なつき》にけらし 白妙《しろたへ》の
衣干《ころもほ》すてふ 天《あま》の香具山《かぐやま》

持統天皇

この持統天皇の歌は、奈良にある香具山に白い布が干されているのを見て、「ああ、いつのまにやら夏が来たんだね」と詠んだもの。本当に、今の時代と変わらない、季節の訪れにふと気づく、感性のきらめきが描かれている。ただ、それにしてはすこし、不思議なところがある。直訳すると「春が過ぎて、夏が来ているらしいね。白い布を干すという、天の香具山が見えている。」となる。「干すという」とか、「来ているらしい」とか、目の前にきた季節を詠んだ歌のわりに、遠まわしすぎやしないだろうか。

調べてみると歌が詠まれたころの形は、「春過ぎて　夏来たるらし　白妙の　衣ほしたり　天の香具山」（万葉集より）となっていて、「衣が干されている」「夏が来たんだね」と目の前の出来事を断定する言葉が選ばれている。「干すという」とか「来ているらしい」は後世の人がほどこした変更であったらしい。時代の変化とともに、香具山も、干された衣も、人々にとって「よく知らないもの」に変わり、それが間接的な言葉回しを選択させていた。藤原定家が百人一首を編むころには、もう五百年の時が経過していたという。私たちは百人一首を「千年前の言葉」として見ているけれど、定家にとって持統天皇って、同じくらい遠い存在だったのだろう。「らしい」とか「という」とかいう言葉が選ばれるのは、さもありなん、という感じがする。

持統天皇自身にとっては、奈良の香具山は、暮らしている藤原宮の東に見えた、とても身近な山だった。白い布が干されているというのも、本当にそこに見えて、それを普通のこととして受け入れていた。けれど京に都を移した平安時代の貴族にとっては、香具山は昔に都があった、ある意味で伝説の「古の土地」であったはずだ（香具山には「天から降りて来た山」という伝説もあったらしい）。そこに白い布が干されている、というのも、ただの衣替えなのか、神秘的な行事の一環だったのか、もはや、まったくわからない。その「わからなさ」が、この歌に曖昧な表現をほどこさせ、歌は実感というものから遠のいていくことになったのだろう。

季節がやってくる、そのことに人が気づくのは、いつも、すこしだけ遅れている。いつのまにかすぐそばまでやってきて、いつのまにか肌に触れていた。それでも季節に気づくきっかけは、意外と、遠くに見えるもの、小さく見えるもの、だったりする。持統天皇が、夏の到来に気づいたそのきっかけが、遠くの山で小さく揺れる白い布だった、というのを知ると、それだけで、その景色がどれほど色鮮やかだったのか、白い布にきっと夏の光が反射して、まぶしさすらあったんだろう、と想像できてしまう。それは私の中にも、これまで触れてきた「夏」の記憶があるからだと思う。とっくに来ていたのに、気づくことができなかった、その存在を、ささやかだけれど、鋭いほどに鮮烈な一瞬が、教えてくれるような。濃縮した、夏の光。

最初にこの歌が生まれたとき、そこには色鮮やかさだけがあった。遠くて小さな鮮やかさが、すぐそばまで来ていた大きな変化を知らせてくれる。人の感性が、どのように自然や世界にピントを合わせていくのか、その様が歌にぎゅっと閉じ込められてみずみずしい。けれど時代が変わり、都は奈良から京に移り、そうして持統天皇も、香具山も、遠い遠い伝説のような存在となる。感性のリアルなまたたきとして美しかった歌は、遠くできらめいた星のように、手の届かないものとして扱われるようになった。

ただ、それでも。平安の人にとっても、夏に急に気づいた瞬間の、あの「いつのまに！」と貫かれるような感覚、それだけはどれほど離れてもわかるものだった。昔話のように「らしい」だとか「という」だとかいう言い方を足さざるをえないほど、情景描写に遠さを感じても、その奥にある眼差しだけは、どこまでもリアルに思えたに違いない。それが、この歌が、生まれた五百年後も愛されていた理由じゃないだろうか。香具山の姿をもう知らない、持統天皇の姿も、もはやわからない。でも、だからこそ、その人の眼差しだけは、感性だけは、ここにある、目の前にある、というそのことが、もしかしたら歌が生まれた当初よりもずっと、真に迫ってきたのかもしれない。長い年月を超えて歌が、「今」にやってきたときの愛おしさ。当時の平安の人たちは、それを、持統天皇の歌に抱いていたのかもしれない。私たちが百人一首を読んで、「昔の人も今と変わらない気持ちを持っていたんだなあ」としみじみと感じるときと、きっとまったく変わらない。そうした歌が、百人一首の2番に入っているって、なんだか特別なことに思います。

3

あしひきの　山鳥《やまどり》の尾《を》の　しだり尾《を》の
ながながし夜《よ》を　ひとりかも寝《ね》む

柿本人磨

声に出して歌を詠み、それを鑑賞するという形式にピタリと合った歌だと思う。書かれたものを目で追って読むより、声で聞いたほうが魅力的だ。内容としては、山鳥（雄は長い尾をもっている）が、夜は夫婦も別れて眠ることにかけて、「山鳥の尾のように長いこの秋の夜を、ひとりでわたしは眠るのだなあ。」と詠んだ歌だ。

声で、言葉を鑑賞することについて、まずは書きます。

そのよさとしては、全貌がまったく予想がつかないまま、迷路を歩くように言葉に触れることができるという点。

また、他者の声は止まってくれない、一瞬「なんだそれは？」と思っても、そのまま声は突き進むから、自分も次の言葉を聞くしかない。書かれた文字であれば、次に進まずになんども前に戻って読み返すこともできるだろう。けれど、声はそれを許さない、問答無用で次の言葉へと進んでいく。それによって、最後の最後にすべてが腑に落ちたときなどのカタルシスが増大する。

さらに言葉のリズムがあまりにも心地よいと、リズムとして頭が消費をしてしまい、言葉が持っていたはずの意味を、ぼやけさせることがある。もちろん見失った「意味」は脳内に蓄積され、時間差でクリアにもなっていくはずなのだけれど。しかし鑑賞と理解のあいだに、妙な「間」ができるのが私にとっては重要だ。そうしたことは詩を書いていても目指したい部分で、意味を言葉から引き剝がすために効果的だと捉えている。リズムやメロディという枠に惹きつけられて、言葉を「理解」することから解放されていく。それは、単純に快感でもあるはずなのです。（しかしそもそも言葉にとって意味こそが核なのか、私は疑問です。言葉とはもとは鳴き声であり、感情であり、感情とは、そもそもが曖昧なものである。「共感」のために明瞭化されたものは感情ではなくて、ただのアイコンだ。だとすれば、意味なんていうくっきりはっきりしたもののために言葉があるとは思えないし、リズムやメロディが意味を忘れさせる瞬間は、「言葉」として本質的ではないかと思う。私は正直、リズムやメロディこそが核で、意味は枠だと思っています。）

この歌は響きがまず面白くて、声で聞かされたら最初「聞こえているのにわからない」となりそうだ。そういう意味で優れた歌だと思う。曇りガラスのような情景から、歌が進んでいくことによって、尾が長い夜とかけられていること、そして一人きりで眠ることと山鳥を重ねていることが見えてくる。森を歩いていて、妙な羽の先が目の前にあり、目でそれを上へと辿っていくと山鳥がいた、「ああ、山鳥だったのか」なんて急に腑に落ちたときのここちよさに似ているのではないかな。声を耳で辿っていく。木の上の、山鳥がいるところまで、下から上へ、辿っていく。言葉を読むという作業が上から下への視線の移動だから、余計にこの歌は、読むより聞くが似合うと思うのかもしれない。

4

田子《たご》の浦《うら》に うち出《い》でて見《み》れば 白妙《しろたへ》の
富士《ふじ》の高嶺《たかね》に 雪《ゆき》は降《ふ》りつつ

山部赤人

富士山を詠んだ歌だ。今でいう静岡の海岸(田子の浦)に出ると、まっしろな富士山の、高嶺で雪が降っているのが見えた、というような歌。もちろん富士山の高い峰に降る雪の粒など、海岸からは見えないし、それでもこの歌は「降りつつ」と現在進行形で語っている。「きっと降っている」ではない、確信を持って、今このときに、あそこでは雪が降っているのだと、描写する。自然というものは目の前に現れて、それに圧倒されるだけでも十分なのに、そこに人としての想像力がどうしても働いてしまうというの、今の情報過多な時代ならよくある話にも思えるけれど、そうか、昔の人もそうだったんだな、そう思うと急に、「人ってやっぱり想像力の生き物なんだな」と思ってしまう。

十分すぎるなんてことはないのだ、目の前の現実がどれほど充実していても、そこからさらに想像をして、世界を広げようとする。この豊かな星に生まれて、宇宙のことを考えるのはきっと人間だけだろう。空白を埋めていくために想像をするのではなくて、世界を広げるために想像をしている。だから、どんな現実にも、その意識を止めることはない。

自然が穏やかに見えるのは、もしかしたらその想像力をすべて包んでくれるからかもしれないな。まっしろい富士山を見て、今も雪が降っているのだろうな、と想像したとき、それはきっとほとんど間違いはなくて、だから、人の瞳や思考は、富士山の現実と共鳴をする。間違っていたとしても、確かめなければその想像は「真実」のように振る舞うし、それに自然が怒ることはない。「想像」が「見る」ということよりも優先されているのかもしれず、それを心地よく思う感覚が人には備わっているのかもしれない。この歌は、海岸から遠くの富士山を一望するその瞬間と、富士山の高い峰で、ふわふわと降る雪を見上げるような心地をフィクションとして重ねている。ただ自然の賛美をするというより、自然を愛し、自然に触れてきた人の感性を、もう一つの自然として描いているようにも見え、より一層美しさも増しているように思う。

5

奥山《おくやま》に 紅葉《もみぢ》踏《ふ》み分《わ》け 鳴《な》く鹿《しか》の
声《こゑ》聞《き》く時《とき》ぞ 秋《あき》は悲《かな》しき

猿丸大夫

「人里から離れた山で、紅葉を踏み分けて鳴いている鹿の声。聞こえてくると、特に秋は悲しくなる。」という歌。この「鹿の声」とは、秋の発情期に雄鹿が雌をもとめて鳴く声のことを指している。調べて聞いてみたのだけれど、ドアがきしみながら開くときの「キイー」という音にちょっと近いものだった。当時の人には聞き慣れたもので、耳にすれば反射的に「秋なんだなあ」と思っていたのだろう。山奥から聞こえてくるそのとき、紅葉がそこにしきつめられていることを、そして鹿が孤独に立ち尽くしていることを、想像してしまう。見えないところにいる鹿が、孤独であるということ、愛を求めているということを、知ってしまう、というのはたしかに「物悲しい」。それは、鹿そのものではなく、そこまで想像が及んでしまう人の感性が「物悲しい」んだ。

鹿がひとりぼっちだからって、本当は「知ったこっちゃない」。それでも悲しさを探し求めていたかのように、見つけ出すんだ。そこにある物悲しさが一体なんなのか、自分が悲しさを求めていたわけがないとは思いながらも、どこかで、日常の中、悲しさに慣れてきてしまっていることに不満を抱いているのだろうか。ふと、見えた、ふと、聞こえた、他者の悲しみにふれると、考えてしまう、そこにある孤独のことを。たとえ、それが鹿だとしても。聞き流すこと、忘れることができずに、思いを馳せてしまうのだろう。悲しさは、たしかにぬぐいきれないもので、永遠にともにあり続けるのだけれど、「忘れられない」のではないと思う。何度だって「思い出してしまう」のだと思う。どこかが、共振しているのだ。共感や同情といったそうした大げさなことではないけれど、星と星がひきつけ合うように、他の孤独にひきつけられて、落ち葉を「美しい」と思うのかもしれないし、群れより孤独な鹿を「美しい」と思うのかもしれない。いや、「美しい」というほどではないのかもしれないけれど、でも、歌にはしたくなるような、そういうとっかかりを感じてしまう。想像を巡らせる、というのはそういうことであるように思う。百人一首には秋の歌がとても多い。そうして秋はかなしみの季節のように詠まれている。熱が冷め、次第にすべてが散っていき、冬の静けさの準備を始める。毎年、そのたびに「悲しさ」を思い出す、秋を愛おしく思いながら。そうして、秋そのものはきっと、泣いてなどいない。

6

かささぎの 渡《わた》せる橋《はし》に 置《お》く霜《しも》の
白《しろ》きを見《み》れば 夜《よ》ぞ更《ふ》けにける

中納言家持

かささぎは黒い鳥で、腹部と羽の一部分だけが白い。

七夕の織姫と彦星が天の川を渡って会う際に、かささぎたちが羽を重ねて橋を作ったという伝説があり、この歌はその橋のことを歌っている。また、宮中の階（階段のこと）を「かささぎの橋」と呼ぶことがあり、きっとそれも重なっている。「『かささぎの橋』にも白い霜が降りているのをみると、夜も、随分更けたのだなあ。」という歌だ。目の前に見えた階段の霜を通じて、頭上に広がる天の川にかかる橋へと思いを馳せたのだろうか。

「遠くて見えないけれど、あそこの橋にも霜が降りているのかなあ。」

当時の人がどの程度、星を遠い存在だと思っていたのかはわからないけれど、しかし、自分たちにやってくる夜や朝が、星にまったく関係のないものだとは思っていなかったのではと思う。宇宙は昼間も真っ暗なのだ、ということを、むしろ彼らはどうやって知ることができるのか。本来なら季節も、地球のなかで完結しているものであるけれど、しかしそれだって彼らは知らない。季節によって見える星も違うのだから、星そのものにも春と夏と秋と冬が、同時に訪れていると信じていたかもしれなかった。なにより私たちだって、知識としては、北半球が夏の時、南半球は冬だ、と知っているけれど、感覚としては摑みきれていないだろう。どこかで自分がいる季節は、夜は、現在の世界すべてに染み渡っているものだと信じてしまう。だって、どこまで歩いても走っても、自分は季節の中に、夜の中にいるのだから。

「天の川の橋に霜が降りる」というのは、非常にロマンチックでファンタジーだけれど、どこまで彼らがそれを「非現実的」と捉えていたかはわからない。天の川の伝説はもちろん、「伝説」であって、史実とは捉えていないだろうけれど、しかし、あの空の川のあたりにも、同じような秋が来て、同じような、夜が来ていると、当たり前のように思っていたかもしれない。冬の東京にいて、ふと、秩父のトトロの肩にも、今雪が降り積もっているのかも、なんて思うようなことだったのかもしれない。ファンタジーとリアルの割合が、当時と今では違うように見えている可能性がある。

この歌の美しさは、だから本当のところ、今の私たちには知ることができない。天の川の橋にも霜が降りている、という表現が現代では必要以上にロマンチックに見えてしまってはいないだろうか。当時の人も、このすべてを本気で信じていたわけはないだろうが、それでも。霜の気配を想像したとき、それを信じきることができたはずなんだ。現実として目の前にある階段の霜、それから自らを深く沈める夜という時間、それらを伝うようにして、ふと、空を見上げる。白くて淡い天の川が見える、黒い鳥の気配、橋の気配、それはフィクションであり、伝説であり、そこにはいないはずだけれど、でも、その橋が、自分の頬を冷やす秋に触れているかもしれない。フィクションが季節によって現実に降りてくるような感覚が、あったのかもしれないんだ。

7

天《あま》の原《はら》 ふりさけ見《み》れば 春日《かすが》なる
三笠《みかさ》の山《やま》に 出《い》でし月《つき》かも

阿倍仲磨

この歌は小学生のころ、日本史の授業で習った気がする。唐に派遣されていた作者の阿倍仲磨が、故郷を思いながら詠んだ歌だ。「大空を見渡せば月が見える。あれは、奈良の春日にある三笠山に出ていた月なのかな。」という歌。

故郷にあった川も山も家も見えやしないけれど、たったひとつ月だけは、同じものが見えているはずだ。そうして月から見れば、私のことも、現在の故郷のことも、ようく見えているのだろう。どうして、私は帰れないのか。当たり前のように月は毎日空に現れて、そうして消えていく。彼からは、故郷にいるあの人も、あの人も、見えているのだろうなあ。

月だけが、あのころ見ていたものと同じであるはずだ、というのは、故郷にいた時代を思い起こすだけでなくて、今故郷からもこの月は見えているのだという、「自分のいない故郷」の存在をはっきりと認識するきっかけともなるのだろう。私のいない故郷で、私が隣にいないまま、あの人は月を見ているのかもしれない。月は広い空においてはとても小さく見える。吸い込まれるように私たちは見つけるけれど、しかし「見つけ出す」ものではあるのだ。決して音は鳴らさないし、匂いもしない。だから、人が意思を持って空を見上げなければ、月は決して認識されないし、だからこそ、月を見ると、今それを見つめている誰かの「意識」を強く感じる。月を通じて、目が合っているような、けれど、決して互いを知ることはできないのだという、そんな孤独だ。作者は自分がいない場所を思いながら月を見つめ、自分だけが相手に気づいたような、そういう片思いの「見つめ合い」を感じているのかもしれない。

あれは、故郷に出ていた月なのかなあ、と、すこし疑問を残した終わり方をしているのは、違う場所で見る月は少し違って見えるというのもあるのだろうけれど、どこかで作者本人は「同じだ」という確信から逃げているようにも見える。私がいない故郷が今もあり、私がそばにいないあの人たちが、今も生きているということを、私なら、言葉にはしたくない。わかっていても、そうなのかもしれないなあ、とどこかで切り離してしまいたい。そうでなくては、世界のほうが、私のことを、もうとっくに切り離して、忘れてしまっているという、そういう孤独に陥ってしまうから。

8

わが庵《いほ》は 都《みやこ》の辰巳《たつみ》 しかぞ住《す》む
世《よ》をうぢ山《やま》と 人《ひと》はいふなり

喜撰法師

「世の中を憂いて都から離れ宇治山に住んでいるのだろうと人は言うけれど、私はこうして住んでいる。」という歌。

「宇治山」と「憂ぢ」、

「しかぞ（このように）」と「鹿」、

「住む」も「澄む（心を澄ませて）」と掛けている。

また鹿のまえには「たつみ（辰巳）」とあり、都から見た宇治山の方角を示している。「子牛寅卯辰巳」といえばつぎは「午」だけれど、そこに「鹿」がくるというのが面白さだろう。うじうじしてんだろうね、と噂されることに対して、「私はこうして住んでいます」と、歌の明るさで反論をしている。

こういう歌を訳すのが、正直なところ一番辛い。掛詞によって作られた遊びは、受け手が「見つけ出す」ことで成立する。「おっ、ここも掛けてあるのか」「もしかしてこれも？」なんて新しいページを開いていくような感覚が楽しいのだし、どこに遊びがあるのかを、現代訳や解説で「わかりやすくする」ということがそもそも野暮であるように思う。さらにいえば「遊びを隠す」というのは、定型だからこそ、とも思うのですよねえ。字数が決まっていて、入れられるものが少ない、という、掛詞をつかう必然性があり、だからわざとらしさが減る。「笑わせてやろう」というようなこちらの意図が見えずに済むのだ。普通の散文に掛詞を使うというのは、「あえて」というところが強くなり、なんだか下心見え見えってかんじ。きっと掛詞っていうよりはダジャレ、って風になるのかもしれないなあ。いや、だとしたら、ダジャレとして最初から開き直ればいいのかもしれない。定型がない場合、この歌のテンションに近づくことを目指すなら、うまさや粋を狙うよりは、ダジャレの飄々さが重要だろう。と、そこまで考えて余計に「ああ、辛い、やっぱり辛い」と思うのだった。

面白がらせるということが、私は心の底から苦手です。関西に生まれ関西で育ち、話すと「オチは？」と聞かれ、挨拶して早々に「何か面白いことなかった？」と問われるハードル鬼高の環境に身を置いてきた私は、自分はつまらない人間、面白くない人間、と毎日のように思い知ってきたわけで、もはや「おもしろ」っていうのは私にとって目指したくもない対象なのです。おもしろいことを言おうとして言った「おもしろいこと」は、おもしろいより先に「おもしろいでしょ？」という圧を相手に与えるものだし、もうそれって愛想笑いしか呼ばない。愛想で笑っているな、ってのがわかってしまったときの、申し訳なさと恥ずかしさは、「つまんないやつ」と思われるよりも辛いものがあります。だからダジャレをがんばろう、と方向性が決まったところで、私にとっては難易度がさらに上昇しただけに過ぎない……わけですが、そういえば、この世の中のダジャレって、そもそも面白かったっけ？　と考えが至る。ダジャレとは「すべる」というその段階まで含んだものなのではなかったっけ。その場をやり過ごすために、矢継ぎ早に言葉遊びをして、その適当さが、「おもしろくしなければ」とか「楽しませなければ」とかいう場の緊張感をほどいていく、そういうものではなかったっけ。それならば、それならば怖くはないかもしれない。もちろん難しいことではありますが、しかしまあ、鹿はかわいいし、しかたがないし、ダジャレだって誰だって言えるものではないけれど、だからって誰にも出せないものかというとそうでもないし、ひょっとしたら表現が飄々としたものが表層的かというとそうでもないのかもしれない。だから逃げるよりは真正面からやりきったほうが楽しいこともあるでしょう、と、いう、思いで訳しましたよ。どのような訳かは『千年後の百人一首』をぜひご覧ください。

9

花《はな》の色《いろ》は　移《うつ》りにけりな　いたづらに
わが身世《みよ》にふる　ながめせしまに

小野小町

桜の花びら、というのは、本当にあっという間に汚くなってしまう。枝の上にある間は、あんなにささやかな色で、華やかに咲き乱れる桜の姿に、好きだとか嫌いだとかいうことなど忘れて、ただすべて連れ去られるのに、ささやかな色だからこそ、簡単に泥に染まって、ぐちゃぐちゃになった土の上の花びらには興ざめするのだ。勝手に。桜からすればそんな軽薄なこと、ないだろう。それでも。

他の花だって散るのだ、そうやって土にかえっていくことが、彼らにとっては意味があるのだ。それでも、桜のあの色は、その薄い色に「あ」と思える自分自身すら愛おしくなってしまうような、そういう儚さで。だから、どこか神聖視でもしているのかなあ。そんなの、やだなあ。それでも。やっぱり、そうなのだろうなと、自覚する雨上がりの桜の樹の下。踏まれて汚れてみっともなくなった、花びらたちを、私もわざと、踏んで、進む。そんな時間のことを、思い出しながら訳していた。

最初に訳した百人一首でした。元の歌とどれぐらいの距離を保ったらいいのか、ということを探り探り、訳しました。９番には、一つの言葉で二つの意味を表している、という非常に和歌らしい要素（掛詞）が複数あり、それを無視することはできないだろう、というのがまず、強くありました。「降る」と「経る」の二つの意味をかけることで、雨が降るさまと、年が経っていくこと、つまり自分が老いていくことをかけている。雨と桜は、たしかに失われていくものの象徴のようだと、私も思った。それが小野小町の感じていた結びつき方とは違うのかもしれない、そこを正確に知っていくことは、現代からは難しいけれど、でも、桜を見て、自分の失われていく若さみたいなもの、たとえ老いることでたくさん得るものがあったとしても、それでも、失われ、みっともなくなっていく部分がはっきりと見えてしまう、毎日見えてしまう、というそのことを、思い起こしていく、それはよくわかる。

「桜の花の色は、長雨が降る間に、いたずらに色あせてしまった。私の美しさもまた、色あせてしまっていた。さまざまなことを思い悩んでいるうちに。」

掛詞というのはふしぎで、それを分割して、訳していくと急に、その奥行きのようなものが消えていく。何層ものレイヤーで出来上がっていた絵を、それぞれのレイヤーで分けて展示してしまうような感覚。たとえば、「眺め」と「長雨」がかかっている。これは、「物思いにふけっている間に（すっかり老いてしまった）」「長雨が降っている間に（桜の花の色がすっかり褪せてしまった）」という掛け方なのだけれど、こうして並列にしていいのだろうか？　原文は重ねている。重ねているからこその効果は、無視していいのか？　最初に訳した歌でもあるので、そこで何度も悩んでいた。「誠実に、歌を分解していくことで、壊れていくもの」がどうしても、気になる。

　小野小町はこの歌を詠んだとき、雨が降るなか、その向こうに見える桜を眺めていたのだろう。もしくは、雨上がりに散ってしまった桜を見たのかなあ。長雨、とはいうけれど、見た瞬間の雨は一瞬のものだ。そういえばずっと降っているなあ、降っていたなあ、と思いながら、色あせた桜を見たとき、「そういえば私の美貌も」なんて、わざわざ思考を転調させたりはしないように思う。雨の一瞬や、雨の跡をみたとき、ふうっと、思考がそれまで降ってきた雨に流れていき、そうして重なっていくように、それまで同じように遠くを見て、いろんなことを思い悩んできた、そのことを思い出す。いつのまにか、こんなにも、時間が経った、雨の向こうには色あせた桜がある、共鳴するように、私も随分歳をとったなあ、と思う。すべてが重なっていて、繋がっていて、そうして、同時に生じた感情なんじゃないだろうか。だとしたら言葉を分解して、順序づけて描いていくことは、その同時性を壊してしまうことにはならないのかなあ。

勉強として百人一首に向き合っていたころ、それは言葉を分解していく作業だった。その歌がどのように素晴らしくて、この31文字の中に、ぎゅっと意味を詰め込み、それを美しく見せているのか、理解するためには必要なことだった。けれど、その歌を詠んだ作者たちが、そうしたことを逆算ですべてやっていたかというと、それはどうも違う気がする。まず、彼らをつきうごかした「この瞬間を詠みたい」という衝動があったはずで、その感性が羽ばたく瞬間、それにつられ、彼らの技術が花開いただけに過ぎない。私はそれに誠実になりたかった。詩の言葉でなら、そこまで行けないだろうか。そこまで、行かなくてはいけないのではないか。

今の日本語は、できるかぎりはっきりと、わかりやすく、誰にでも伝わるように整理して表現することが求められる。けれど、私にとって詩はその真逆にある言葉だった。わかりあうことなんてできないような、もやもやした曖昧な部分を、わからないままで、言葉にする。「わからないけれど、でも、なんかいいなって思った」と言ってもらえるとき、私はその詩が書けてよかったな、と思う。すべてを明確に記すことはないけれど、そのかわりに、グラデーションのような感覚を言葉にすることができるはずで、少なくとも私はそう信じてきたのだ。最初に訳そうとしたこの歌で、私は詩の言葉で訳す意味みたいなものを見つけた気がした。途方も無いことだな、とも思った。思ったけれど、でも私は、逃げないだろうな。一つ目の訳。そのとき、そんなことを考えていた。

10 これやこの　行《ゆ》くも帰《かへ》るも別《わか》れては　知《し》るも知《し》らぬも　逢《あふ》坂《さか》の関《せき》

蝉丸

昔の人にとって、「すれ違う人」というのはどういう人なんだろう？　「知らない人」とはどういう人なんだろう？　今とはきっと、違う感覚だろうと思った。けれどおんなじ感覚も同居しているのだろう。「すれ違う人」。インターネットがある今では、「まったく知らない人」に対しても「でも少しはつながっているのかな？」という気配を感じているように思う。たとえば、まったく知らない人のツイートが、自分のタイムラインに流れてくる。知らない人の言葉が目の前に現れる、ということを受け入れている自分がいる。すごく、すごく変なことであるはずなのに、もう、そんな異物感はない。知らない人、というのが自分の領域において当たり前に存在している。だから、まったく知らない人だとしても、その人と関わる瞬間がこれから永遠にない、とは言い切れない。どうしても、言い切れないんだ。みんな薄くつながっていて、ときどき、小さなきっかけでゆらめいて、ふっと急接近することもある。「知らない人」というものへの感覚が、今は断絶そのものではない。インターネットだけじゃない、交通手段もたくさんあるし、宅配便だってある。遠く離れたところに暮らす、まったく知らない人から服を買うことだってできる、ということ。知らないままで、関わり合うことを、どこかで普通に受け入れている。

けれど、昔は違うだろう。遠くに行くだなんて、おおごとだっただろう。この10番の歌に出てくる「逢坂の関」というのは、当時の関所。多くの人が行き交うその様を詠んだ歌ではあるけれど、そこにいる人たちは、もう一度その逢坂の関に来ることってそうなかったのではないかと思う。なにより身分の差もあったし、「絶対に関わることのない人」というのが同じ土地にいる世界。知らない、ということは、はっきりとした断絶だったはずだ。近くにいて、自分と同じ「人間」なのに、まったく関わることはない、とわかる。そのときの「人間」の見え方を、私たちは知っているようでまったく知らない。そのままでは、知らない。けれど、ここまで考えたとき、ふ、と渋谷のスクランブル交差点や、品川駅のラッシュ時の大量の人の流れを思い出した。あまりの人の流れに、その人の顔を認識することもできない、できないうちに、忘れていく。そうして、そのときに、自分も同じような見え方を、しているんだ、と気づいた。誰かの瞳に、映る、そして、その次の瞬間には、忘れられていく、消えていく自分、というもの。きっと、関所の往来のなか、立ちすくむそのときも、こんな感覚に襲われたんじゃないんだろうか。自分が、誰かにとっては霧のような存在に、なるのだということ。否応無く、感じ取ってしまう。

「行くひとも、帰るひとも、別れてはまた会い、別れてはまた会い、知らない人も知っている人も、別れてはまた会い、別れてはまた会い、ここが、あの噂の逢坂の関ですね。」

そのとき、私は、寂しさと同時に、これまで想像もしきれなかった、世界の大きさみたいなものに、やっと触れたように思ったのです。自分が誰かにとって「もう永遠に会うこともない人」になるということ。ただの孤独ではなく、世界の複雑さや、大きさ、奥行きみたいなものを、それまでよりずっと生々しく実感するきっかけとなる、ということ。人の、感性のひだみたいなもの、繊細さみたいなものを、感じます。蟬丸の歌の魅力みたいなものは、きっとここにある、ここをなにより大切にして、訳したい、そう強く願いながら書き始めました。

11

わたの原《はら》　八十島《やそしま》かけて　漕《こ》ぎ出《い》でぬと
人《ひと》には告《つ》げよ　海人《あま》の釣舟《つりぶね》

参議篁

流刑にされ、島へと出発する際に詠まれたもの。「大海原のいくつもの島をめざして漕ぎ出たと、あの人には告げてくれ、釣り船よ。」という歌。作者は遣唐副使として唐に渡る予定だったが、大使の藤原常嗣と船を交換するかどうかで揉めた末、仮病を使って渡航を中止した。さらに遣唐使を諷刺する歌を詠んだことで流刑となった。

あの人に伝えてくれ、と言付けを頼んだ相手が、人ではなくて船だというのがこの歌の特徴で、船に伝えるといっても、海の上で船と船は離れているし、もちろん言葉を語ることも聞くことも船はできない。だから結局は船を眺めながら、心の中でそれを唱えているだけの、そういう自己完結のようなものを感じてしまう。が、この歌は、実際には京にいる人に贈られたものだという。贈る相手に直接語りかける歌ではなく、語りかけたいことを船に託す、という歌を直接贈る、という、そういう遠回しな態度。どこか「余裕がある」ということの主張のようにも感じてしまう。妙に虚勢を張っているようにも見えるし、それは流刑にされた経緯を知ると確信に変わる。

　船交換の問題が起きるより前に、作者の小野篁は唐への航海を二回失敗している。当時としてはそれはよくあることだったのかもしれないが、三度目の渡航を決断するにはそれなりの覚悟が必要なはずだ。そんな矢先に大使が自分の船が故障したからと、船の交換を頼んできたという。しかも天皇はその大使の提案を許可したというから、まあ、「はあ!?」と言いたくもなるだろう。マジギレしてしまったのかなんなのか、彼は仮病を使ってまで渡航をやめて、さらに遣唐使制度を諷刺した。良くも悪くも真っ直ぐで、今でいうと「頑固で空気を読まない人」って感じ。歌からも、自分に非があるとはどうしても思えないし、流刑になるからといって、それを心底悲しんだり後悔したりなどするものか、という意地のようなものを感じる。だから船に言付けを頼んだのかもしれない、俺は心の底から嘆いているわけではない、別れを直接惜しんだりなどしない。でもなんだかんだいって、歌はちゃんと相手のところまで届くように手配をするっていう、そこに、頑固だけれど、かわいげのある人なんだな、と思わされる。彼は頑固だけれど、でも、貫こうとしていたものが身勝手な考えや欲求ではなく、彼すらもいじめ抜く「美意識」のようなものだったのかもしれない。それが、このかわいげの正体かなあ。

環境も使う言葉ももはや変わってしまったこの時代に、歌からその人を「なんかかわいい」と思うのって、不思議なことだな。歌に封じ込められた感情が、高密度だからだろうか。そして、こうした楽しみ方は、百人一首の時代には不可能であったのかもしれない。千年の時が、ただ当時の言葉を、意味を、遠くのものにしてしまったとはやはり思えない。こういう歌に触れると、あらためて思う。

12

天《あま》つ風《かぜ》 雲《くも》のかよひ路《ぢ》 吹《ふ》き閉《と》ぢよ
乙女《をとめ》の姿《すがた》 しばしとどめむ

僧正遍昭

踊る人をみつめているとき。踊るその人は、たしかに人間なのに、なにか本質的な部分が、自分とずれてしまっているように見える。そういえば人とそっくりな姿をしたロボットは、逆に不気味に見えるんだっけ？　そういうものに近いのかもしれない。人間に近づいたロボット、とは違って、踊る人は、人間よりも神様に近い感じだろうか。人という存在の、精度を高め過ぎて、人ではなくなっていくような、そういうもの。踊りはじめると、似ていても、語り合えても、近くても、その奥には違うものがあるように感じる。ロボットであれば不気味かもしれない、しかしこの場合、私たちは引き込まれる。むしろ私たちがロボットで、彼女を目指して生きてきたかのように、引き込まれてしまう。

この歌は、僧正遍昭が舞姫を天女にたとえて詠んだものだ。儀式で舞う舞姫たちを見て、「天の風よ、雲の中にある、天女たちの通り道を、どうか吹いて閉じてくれ。少女たちのうつくしい舞をもうすこし、ここに留めておきたい。」と歌っている。少女を天女にたとえているのは、その舞の見事さを讃えるためでもあったのだろうけれど、そうした「人ではない存在」を、踊る人の体内に感じてのことかもしれない、とも思う。ただ女性として美しかったから、舞が見事だったから、華美なたとえを使ったというだけではないように思う。踊るひと、ただ右から左へと動いていくだけなのに、どうして、その手に、足に、瞳に、風の誕生を感じてしまうのか。雲さえも彼女たちの動きに従うように思えてならない。地上で舞っている彼女たちに、地上はどうしても似合わない、重力から解放されて、大地から旅立って、空で、舞っているほうがずっと似合うはずだった。それでもここにいてほしい、私を圧倒してほしい、それを喜びとして感じられることが、人である自分への肯定のようにも思えてならない。

13
筑波嶺《つくばね》の 峯《みね》より落《お》つる みなの川《がは》
恋《こひ》ぞ積《つ》もりて 淵《ふち》となりぬる

陽成院

淵、とは河川の流れが滞り、深く水が溜まった場所のこと。

「筑波山の頂上から流れてくる水が、次第に大きな河になり、そうして淵ができていく。私の恋しい気持ちも、同じようにすこしずつ溜まって、今では淵となりました。」という歌。


透明で、光のすべてを吸い込み放つような、あの川の水ですら、いつかは流れが溜まり、深く、底の見えない淵を作り出す。愛情というものが積もり積もって、ただまぶしいものではなくて、深いところに真っ暗な何かを抱きはじめている。

しかし、その真っ暗なものを、愛によって生じる悪意や執着心とするべきなのかは私にはわからない。それらは確かに、暗闇の一部なのかもしれないが、ただただ愛おしいと思うこと、ただただ相手を賛美したいという願い、それが闇と無関係とは思えない。出会ったころは、「ここが素敵だ」「あんなところも素敵だ」とひとつずつ愛おしさを見つけていく日々だった、しかし、それが続けば、いつかは愛がその人すべてを包み込み、なにもかもを愛おしく思うことになるだろう。それは、「愛って素晴らしい！」ともいえることなのかもしれないが、随分と不気味なことでもある。互いに、互いをすべて知ることはできないのに、すべてが愛おしく思えるのだ。そうしてその愛は、うわべでもない。見えないものを、見えないままで、愛してしまうということだ。私は、それが、ただ善良な感情だけでできることだとは思わない。

愛するという行為が、透明で、うつくしいものに見えるのは、雫だったときだけだ。そうしてそれが上流の川のように、勢い良く、散らばりながらすばやく、走り去る間は、まだその奥にあるものの気配に気づくことはない。反射する光、荒ぶる雫たちに目を奪われて、愛おしさを無邪気に喜べるだろう。次第に流れが緩やかになり、そうして深く蓄積し、あの雫は、この流れのかけらでしかなかったのだと、全貌をついに見ることとなる。思いもよらぬ淀みとして、愛は姿を見せているはず。それならば淀みを、「愛ゆえの憎悪」「愛ゆえの嫉妬」といってしまうのは、なんだか「愛」そのものをかばうことのようにも思う。自らでも、わからない、自らでも、コントロールすることのできない、未来も他者も沈めていくような自らの愛を、せめて「透明だ」と信じたいのは、とても、人間らしい感情だ。

淵が暗く見えるのは、あくまで深く、光が底まで届かないからであり、水がそこで汚れているわけではない。透明だと思っていたフィルムを何重にも重ねるといつのまにか、向こう側がまったく見えないほどに曇ってしまうことがある。愛というのを、手放しに賛美できていたころとは違い、もしかすればこの思いは、素晴らしいものではないのかもしれない、あなたを必ず幸せにするものでも、ないのかもしれない。それでも私はこの愛を、あなたに告げる。愛の美しさを誇るのではなく、愛の醜さを背負ってでも、あなたと共に生きたいと、覚悟を持って告げるのです。

14

陸奥《みちのく》の しのぶもぢずり 誰《たれ》ゆゑに
乱《みだ》れそめにし われならなくに

河原左大臣

「陸奥の信夫地方の染物のように、乱れに乱れた私の心。これはだれのせいだろう。私のせいではないはずなのに。」という歌。歌にある「しのぶもぢずり」とは、福島県の名産で、湿った岩の上に置いた布に、しのぶ草をこすりつけて染めたもののことをいう。できあがる染物は乱れ模様であったことから、心の乱れのたとえとして詠んでいるのだろう。しのぶもぢずりの「しのぶ」は、忍ぶ恋心へともつながり、誰かに語りたくても語れない恋心が、染物のようにじわじわと色を出し、次第に隠しきれなくなる様にも感じる。模様を乱れさせるのも、色を濃く、濃くしていくのも、ゴツゴツとした岩肌であり、そこに押し付ける人の掌だ。

自分が一方的に愛しているのに、まるで自分が受け身であるように感じることはある。自分が恋い焦がれ、相手を追いかけているのに、どこかで、相手が巨大な星のように自分をひきつけて、それでいて、高くて分厚い心の壁で遮っているような。ひきつけておいて、この壁を打ち破ってこいと、わざと苦しめているような、そういう感覚。今回の歌であれば、押し付けられた先は「岩」であったのかもしれない。しのぶ草という恋心が、彼女にひきつけられるあまり、自らの理性を岩へと、押し付けているのかもしれない。

15

君《きみ》がため　春《はる》の野《の》に出《い》でて　若菜摘《わかなつ》む
わが衣手《ころもで》に　雪《ゆき》は降《ふ》りつつ

光孝天皇

「春の野原にでかけて、あなたのために若菜をつむ、そのとき、わたしの袖に雪が次々おりてくる。」

「わたし」の視線を追うようにして、歌の言葉が紡がれている。若菜というのは春の七草といった体に良いとされる野草の総称で、邪気を払うために正月に食べる習慣がある。この若菜を、野原でかがんで、すこしずつ摘んでいく。そのとき、視線はずっと野原の緑に注がれている。「あなたのため」というほどなら、きっとよそ見もせずに。それでも、視界を横断するように、白い何かが降り続ける。緑にピントが合った視界では、それを瞬時に捉えることはできないけれど、見つめるその先にある自分の手元、その袖に、そっと雪が降りたとき、ああ、雪か、雪だったのか、と気づくのだろう。

　春といってもまだ、冬の気配が残るころ。雪が降るくらいだから、きっと肌寒かったはずで、そんな寒さの中わたしはあなたのために、体にいい若菜をつんだのですよ、と苦労を歌でアピールしていたかのように読みとることもできるのだけど、それはなんだか勿体なかった。作者の光孝天皇は、「あのひとのために」と野原の中から若菜を探し、そうして緑でいっぱいになった視界と、思いの中を、横切る白さ、そうして、そっと袖に降りてきた雪に、ただ感動したんじゃないかと私は思う。この歌は、実際に若菜に添えて、「きみがため」の「きみ」に贈られたらしい。「きみ」は光孝天皇のように、まだ寒い春の野原には出られなかったのだろう、体にいい野草を贈られるぐらいだ。ならば、この春と冬が行き交う空気を知ることも、ないのだろう。光孝天皇はただ、感動を伝えたかったんじゃないだろうか。「きみ」のために、春の野へと出ていった。目の前の緑に夢中になり、つい最近まで冬だったことも、少し肌寒いことも、忘れてしまっていたのかもしれない。その中で雪に出会うことができた。その、感動を。それが、「寒い中、それでもあなたのためにつんできたんです」というアピールにとられるということすら、きっと思ってもみなかった。この歌の、自らの眼差しだけですべてをきりとるような形には、「きみ」しか見えていなかった、緑しか見えていなかった、春しか感じていなかった、そんなまっすぐな視線を感じる。どうしようもなく。

16

立《た》ち別《わか》れ　いなばの山《やま》の　峯《みね》に生《お》ふる
まつとし聞《き》かば　今帰《いまかへ》り来《こ》む

中納言行平

「私はあなたたちと別れ、旅立ちます。けれど因幡山の嶺に生えた『松』のように、あなたたちが『待っ』ていると知ったなら、すぐに帰ってきますから。」という歌。

さらさらと流れる歌としての言葉の並びがありながら、飛び石のように意味が点々として、それによって複数の意味が共存している。「いなば」は「往なば」と「因幡」で、自分が旅立つこと、そして行き先である因幡に同時に触れる。また、「嶺に生えた松」と「待つとし聞かば」の「まつ」の重ね方もあり、こんな短い中にふたつもあると、なんだか連想ゲームみたいで、こういう歌はやはり当時もちょっと特殊だったみたいだ。

歌はすらすらと声にして読み上げられるものでもあるはずなのに、掛詞というのは、立ち止まりながら読むことを前提にしているように思う。声というのは一方通行で、止まってなどくれないし、前後を見返しながら読むことはできない。そういう中に掛詞があるというのは、歌が繰り返し口ずさみ、飴玉のように鑑賞されるものだったのかなあ、というようなことを考えてしまう。この歌は、舐めれば舐めるほど、驚きが隠されていて、口ずさむこと自体が楽しさにつながっていきそうだ。地域によっては、この歌を三度唱えると、迷子になった猫が帰ってくると言われているらしい。唱える、というのが妙にしっくりくる歌だろう。

因幡国への赴任が決まり、別れの挨拶として詠んだ歌。にしても、「あなたが待っていると知ったなら、私はすぐに帰ってきます」というのはなんだか奇妙で、理解するのに時間がかかる。別れがやってくるそのときは、きっと誰もが「待っているからね」と約束をする。「帰ってきてね」「忘れないでね」そうやって別れを惜しむのが、ある意味では「お決まり」だし、誰もが最初は「待っている」のだ。だから、「待っていると知ったなら」というのは、そういうものは「待つ」ではない、ということなのかもしれない。時が経ち、ほとんどの人が、彼のいない町に慣れ、彼も新しい土地に慣れ、そのころに、あの人はまだきみを待っているらしいよ、なんて噂を聞いたときに、「待っていてくれた」と彼は思うのだろう。「ああ、ならば今すぐ帰ろう！」となるのだろう。

これは、仕事で任命されて、因幡国に行く際の歌だ。だから、すぐには帰ってこれない。それは本人も周囲も承知の上だ。設けられた別れの場で「待っている」といったところで、互いにそれが永遠の約束ではない、と承知している。誰もがずっと忘れずに待っているわけがないだろう、不信とか、そういうことではなく、互いに人生があり、生活があり、新しい環境も、そのうち愛おしいものに変わるはずだ。それをすべて放棄して、過去にこだわっていろと相手に望むことはできない。もしかしたら、別れというものは、それ自体はさほど、悲しいことではないのかもしれないなどと思う。また帰ればいいのだし、待っていればいいだけなのだし。ただ、待つ人と、帰ってくる人が、同じときに、同じ場所で、再会するとは限らない。それが苦しいのだ。どちらかが忘れていて、どちらかが覚えているときが、悲しいのだ。両方が忘れてしまっているなら、それはもう、ただの別れだ。痛みはない。

この歌はきっと、「待っているからね」「帰ってきてね」と目の前で惜しんでくれる人たちではなく、未来、本当に帰ってくるのだろうかと不安に思っている相手に向けて、投げかけられているものだろう。送別会、というのは現代にもあるけれど、誰もがどこかで「この中のほとんどの人は、忘れてしまうのだろうなあ」とか、「もう会うことはないんだろうなあ」とか、ちょっと別れに対して諦めているところがあると思っていて、それが送別会を必要以上にセンチメンタルにしているのかもしれない。不安だから「またね」「連絡してね」「待っているからね」と繰り返し唱えてしまうのだろう。この歌は、そういううわべの言葉をすり抜けて、真ん中に届く挨拶だったのかなあ。それでいて、そのうわべの言葉たちを否定するような冷たさがないのは、掛詞が重ねられ、唱えることを楽しめそうなこの歌の、愛嬌のおかげ、なのかもしれない。

17

ちはやぶる　神代《かみよ》も聞《き》かず　龍田川《たつたがは》
から紅《くれなゐ》に　水《みづ》くくるとは

在原業平朝臣

たとえ引き裂かれたとしても、それは永遠の愛であってほしいと、その人だけを、愛し続けてほしいと、第三者が願うのは傲慢だろう。恋に破れた後、別の誰かを愛したら、以前の恋は嘘だったということになるのだろうか？　どれほどに燃え上がった愛も、叶わなければ、永遠にそのままでありつづけなければ、愛と認められないのだろうか？　それって、愛をあまりにも軽視してはいないだろうか？

ちはやぶるのこの歌は、過去に恋人同士だった男女の間に生まれた歌だ。作者の在原業平と、歌を贈られた二条の后。二人は愛し合い、そうして引き裂かれた。のちに彼女は皇后となり、彼女のために作られた屏風の完成を祝う場に、業平は招待されている。屏風には、龍田川に紅葉が流れる様が描かれていた。当時は屏風が完成すると祝いの場を設け、客人たちは屏風を讃えて歌を詠む。業平はそして、期待された通りに、この歌を詠んだ。屏風の美しさを大げさといえるほどに華やかに讃えた歌を。

「神の時代（人が治める時代よりずっと昔の、神様が世界を治めていた時代）には、摩訶不思議な出来事がたくさん起きていたでしょう。けれどそのころにだって、こんなことは聞いたことがない。龍田川が、水を紅に、括り染めしてしまうだなんて。」

過去に愛した人を目の前にして、どのような思いがそこに込められたのだろう、と想像することは、ある意味、私たちにはたやすいことだ。彼らにあった苦しみを何一つ知らない私たちにとっては。二人は、もしかしたらまだ愛し合っていたかもしれず、それでももう触れることもできない、そのことを、歌に潜ませたりしているのだろう。などと、想像ができてしまう。けれど、関係のない二人の愛を、語られることのない二人の愛を、私たちが勝手に妄想することは、ただ彼らの愛をロマンチックなものとして、心に少しの潤いを与えるための娯楽として、消費することに過ぎないだろう。千年、たっていようが、なかろうが。

もちろん、愛を詠んだ歌であれば話は変わってくるはずだ。そうでなくても、愛を含ませた歌であれば。けれどこの歌はあまりにも、テーマに忠実だ。完成した屏風を、言葉を尽くして褒め称えている。私はその姿勢にこそ誠実でありたいと思う。彼は、ここに愛を込めてはいない。歌ではなく、その瞬間の眼差しや、声には込められていたのかもしれないが、歌はただ場に誠実であった。

業平はとにもかくにもモテたひとで、歌の才能もあるし、美男子だし、多くの女性と愛し合ったと言われている。つまり相手は二条の后だけではなかったし、しかしだからって、彼女のことをきっぱりすっぱり忘れられたとは言い切れない。当時の愛は、愛すれば、愛されれば、すべてが完成するようなそういうものではなかったし、立場や家の思惑や、出世や誰かの陰謀が、愛にも影響を与え続ける。だからたくさんのひとと愛し合ったからって、その人の愛が軽薄だったとは断言できないし、むしろ、何度もなんども引き裂かれて、まだ誰かを愛そうとするだなんて、愛にすべてを賭け過ぎでは？　とも思う。つまりどっちにだって取れるし、実際どっちだってありえたのではないかなあ。業平が、そのどちらであったのかはわからない。ただ、こうした場で、何も匂わせない歌を詠みあげたのは、彼女のことがもうどうだってよかったとしても、彼女のことをまだ想っていたとしても、とにかく仕事ができる人の態度ではあるし、それは愛に生きた平安の貴族においては、とてもクールだったのではないか、愛に対して余裕のある彼らしい歌だと私は思う。

18

住《すみ》の江《え》の　岸《きし》による波《なみ》　よるさへや
夢《ゆめ》の通《かよ》ひ路《ぢ》　人目《ひとめ》よくらむ

藤原敏行朝臣

もしも幽霊や宇宙人が、目の前に現れたら、まず私はそれが現実のものか、疑う。明らかにそこにいたとしても、だ。たとえ友達から聞いた話でも、簡単には信じられない。けれどそれは現代での話。異次元のもの、この世の理から外れたもの、そうしたものがいることは、平安においては当たり前のことだったのだろう。科学が進んで、世界の何もかもが明らかになったつもりでいる私たちは、「わからないもの」の存在をつい否定してしまうけれど、すべてがわかると思うほうが、異常ではある。今だって、本当はわかっていないことがたくさん、たくさんある。ダークマターとか。

夢はけれど、その受け入れられた「わからないもの」の名残のように思う。もちろん、眠っているときは脳が起きている間に蓄えた情報を整理しているだけだ、とかいろいろ、説明はされているけれど。しかし私たちは「本当にそれだけかな？」ってちょっと思ってしまう。夢に好きな人が現れたら、ドキドキしてしまうし（それが、好きな人だから日中その人のことを考え過ぎていたというそれだけのこと、とか説明されたらイラッともするだろう）、いやこの人が出てくる理由は私ちっともわからないんですけど……みたいな、好きでも嫌いでもない芸能人が夢に登場すると、それから少しその芸能人が気になってしまう。なんだか、夢には予感があるような、気がするんだ。

きっと科学的に説明されても、夢に対しては私たち、どこか圧倒されてしまうのだろう。そこにある、というのが強すぎる。夢が、胸に突き刺さり、忘れられなくなるとき、理屈が四散してしまうのを感じていた。昔の人がどのように、現実と非現実の境目を見つめていたのかを思い知った。闇が減り、獣もおらず、整地され、人の通りがない場所は少なくなって、私たちはなにかを幽霊に見間違えることがなくなった。でも、それは私たちが理屈を手に入れたから、ではなく、ただ「幽霊に見えるなにか」と接触する機会がなくなったからなのかもしれない。夢とは、まだ接触をしています。夢についてはきっと、平安時代のひとびとと同じように考えているだろう。だから、この歌は、わかりやすい。夢の歌です。夢に、好きな人が現れない、という歌です。

「住之江の岸に、波が寄る。夜さえも、あなたは私に会いにこないのですね。夢の通い路でさえも、人目を避けて、会いにきてはくれないのですね。」

現実だけでなく、夢の中でさえ現れてくれない想い人のことを詠んだ歌。夢の通い路、というのはこの歌独特の表現で、夢で会うために通る道のこと。当時は夢に好きな人が現れると、その人が今自分を思ってくれている、と考えられていたらしい。それって都合良過ぎない？　と、思いつつも、でもちょっと信じられる。夢で会えたならその人はなんだか運命的に感じられる。もちろん夢は現実とは違うし、この歌の作者だって、彼女と夢で会えたならそれでよし、とは思わないだろう。やはり、現実で会えるほうが嬉しいはずだ。けれど、それなのに夢に一喜一憂してしまう、という、そういう歌だろう。これは。だいぶロマンチックな歌に見えて、意外と、現在の感覚と親和性があるのが私には面白く見えた。たいして本当は、不思議なものに対する感性も千年、変わっていないのかもしれない。

19
難波潟《なにはがた》　短《みじか》き葦《あし》の　ふしの間《ま》も
逢《あ》はでこの世《よ》を　過《す》ぐしてよとや
伊勢

「難波潟に生えた、短い葦の節と節の間ほどの時間もあなたは私にくれないまま、私にこの人生を過ごしていけというのですか。」という歌。

伊勢は非常に美しく、才能に溢れた女性だった。言い寄られることも多くあり、そのなかで結ばれたのが藤原仲平だった。しかし、仲平は伊勢とくらべるとあまりにも身分が高く、彼が出世していくに従い、仲平は伊勢につれなくなる。この歌はそのころに、仲平へと贈られた歌だ。わずかな時間もあなたはくれず、しかし私にはまだ長い人生という時間が残っている、という、この対比が痛ましい。相手はもう終わった恋だと思っているのかもしれない、冷たい言葉を投げかけるのも一瞬のことだ、そう思っているのかもしれない。けれど伊勢はそのすべてを、長い時間背負い続けることになるのだ。

わずかな時間でも、会えたら何かが変わる、とは、彼女は思っていないだろう。会ってほしいと言いたげな歌だけれど、そんな望みはもう抱いていないはずだ。ただ、そう伝えずにはいられなかったのではないか。相手が自分に対する愛情をもう抱いていないとしても、呼びかけることで何かが変わるわけもないとわかっていても、歌を贈らずにはいられなかった。これは、彼女の悲しみのために詠まれた歌だ。愛の呼びかけでも、愛する人に贈るための歌でも、きっとないのだろう。

悲しみを捨ててしまったら、この恋は私の中でも終わってしまうだろう。これからの人生、悲しみに溺れながら、それでも愛し続ける覚悟で生きていくのか、それとも、悲しみも、愛も、すべてを捨てて、新しい時間を生きるのか。伊勢はまだ、後者を選ぶことができないでいる。人生に向き合っていくには、後者でなければ耐えられないはずだ、それでも。それでも。仲平は、きっと後者を選んだ。新しい人生を謳歌するために。だから、彼女は、選べない。選ぶことができない。彼は、捨ててしまいました、私のこと、愛のこと、捨てて、もう違う人生を生きているのです、そこにはこれから先、ひとしずくも、私への愛は存在しないのです。彼女は彼女自身のために、彼との愛を捨てられず、そうして、その悲しみを、歌で叫んでいるように思う。わずかな時間でも、私にくれたら、という歌の思いは、そうであれば私も、この愛をすべて捨てることができる、という願いから来ているように感じた。もう愛を取り戻すことはできない。だから、せめてあなたにも、わずかに私たちの愛が残っていると思いたかった。そうすれば私も、あなたのように、新しい人生を、新しい愛を、探しに行けるのに。

20

侘《わ》びぬれば 今《いま》はたおなじ 難波《なには》なる
みをつくしても 逢《あ》はむとぞ思《おも》ふ

元良親王

「苦しんでも、悲しんでも、同じことです。難波にある澪標のように、身を尽くしてでもあなたに会おうと思っています。」という歌。

作者の元良親王は、宇多天皇が寵愛していた后・京極御息所と不倫の間柄となった。秘密の恋はとうとう露見し、噂は一気に広まってしまう。その際、彼はこの歌を作り、京極御息所に贈った。

澪標というのは、船の通り道を示すために、水路に打ち込まれた杭のこと。波にさらされ、朽ちていく様と、命をかけてでもあなたに会おう、とする姿が重なっている。「今はたおなじ」は、直訳すると「今はもう同じこと」という意味で、悩み苦しもうとも同じこと、というだけでなく、この恋が露見しようとも、噂になってしまおうとも、もう同じことです、ということでもあるだろう。愛がすべてである、愛だけがあればいいのだ、というその姿勢は、恋心を隠さなければいけなかった、それまでの時間の反動であるようにも思う。バレてしまったのだとしたら、もう隠れることなど気にせずに、愛のためだけに、あなたのためだけに、生きていくことができるではないか。后に手を出し、さらに諦めずにいるという時点で、もはや身を尽くすしかなくなる状況ではあるけれど、ただ、滅びる覚悟でいるというよりは、愛だけで朽ちていけるその喜びもあるように思えた。しかし、まあ、だからといって、バレてしまいたかったわけではないだろうなあ。本当は、「同じこと」なんかではない。でも、もうこうなってしまった以上、そう言うしかないのだろう。だって、もうなにをしたって元には戻らないし、噂は広がってしまっている。世の中は、そのすべてで私たちの愛を否定しようとしている。だからこそ、「同じことだ」と言うのだ、誓いの言葉のように、自らを奮い立たせる言葉のように、この愛だけは、何があろうと、変わらない、同じだと。あなたに、そして世界に、宣言するしかない。

21

今来《いまこ》むと いひしばかりに 長月《ながつき》の
有明《ありあけ》の月《つき》を 待《ま》ち出《い》でつるかな

素性法師

「今すぐ行きますとあなたが言うから待っていたのに、ついに九月の有明の月が出てしまいましたよ。」という歌。

有明の月というのは、明け方にも空に月が残っている様子のことで、満月から二日後に始まり、六日間続く。少しずつ欠けていく月が、夜の暗闇の忘れ物のように、白んだ空に残っているのだ。

長月というのは、陰暦でいうと九月のことで、秋の終わり頃、だいぶん夜が長くなる時期だ。早くに夜がはじまり、遅くまで夜が続く。あなたが会いにくる時間はたっぷりあるはずなのに、あなたは来ないし、待ちわびている私のところに来たのは、有明の月だった。待っているんですよということは伝えていても、来ないことで傷ついているとか、愛に対して不安になっている、とか、そういう痛々しさは詠み込まれていない。つれない男性に贈られた他の歌よりは冷静であるように見えるし、実際、この歌は素性法師が、女性の気持ちを想像して詠んだ歌だ。けれど、この冷静さは、これはこれでリアルにも思う。

諦めというより呆れに変わりつつある心境がここにはあるように思うのだ。たとえ愛し合っていようとも、相手がなかなか来ないなら、だんだん冷めてくるものもあるでしょう。あのひと、わたしへの興味がもうなくなっちゃったみたいだなあ、ふうん？　そっかー、と気づいてしまうと、潮がひいていくように、自分の中にあった愛情も静かに減っていく、そんなこと、状況やその人の性格にもよるだろうけれど、ないわけではないと思う。愛が叶う前であれば、その人と自分は別個の存在であり、その人への愛おしさは、ある意味、その人が自分に何をくれるのか、何をしてくれるのか、ということとはまったく関係ないところにある。だから愛を返してもらえなくても、自分の中で育ってしまった愛おしさはなかなか消えてくれないし、それはそれで苦労するわけだけれど、しかし、愛が叶った後は、共有財産のように愛が、互いに関わりあってしまうのではないか。相手が愛してくれないのなら、どうしても冷静になる部分が出てしまう。それは、自分の愛が弱まっていたからとか、打算的になったから、ということでは決してない。本来であれば、互いが関わり合うことで、愛は本当の意味で、互いを支えるものに成長していくはずなのだし、きっと一人で抱いていたものよりはずっと大きく、重くなるはずなんだ。だからこそ、それを抱き続けることを片方が怠れば、もう片方が、そのすべてを維持することはできなくなる。そうしてこぼれ落ちていくように、減っていく愛情を見つめて、思い続けていたはずの側も「なんだか好きではなくなってきたのかもしれない」と思いはじめる。それでも、手元には持てるだけの愛情が残っているはずだ。ただ、それまでにあった、あまりに具体的な愛の記憶が、相対的に何もかもを失ってしまったように錯覚させる。

こういう歌、あんまり当事者は歌にしようと思わないと思うのだけど、どうなのだろう。どうして来てくれないのと、涙が涸れるまで叫ぶような、そういう歌は、痛みをまぎらわすためにも詠まれていくけれど、こうした呆れのある「来ないんですねえ?」という歌は、創作だからこそ生まれたんじゃないのかな。当事者であれば、相手に語りかけるというよりは、自分自身に対して問い詰めたくなる時間だと思う。「あの人のこと私はまだ、待っているみたいだけれど、もう有明の月も出ているし、朝も近い、こうやって秋も終わりかけてしまっているし、まだ待つつもり？　それでいて、涙も出ないし、なんだかうんざりしてしまっている。いま、彼が来たところで、私、結構、困る気もするんだよなあ……」

22

吹《ふ》くからに　秋《あき》の草木《くさき》の　しをるれば
むべ山風《やまかぜ》を　嵐《あらし》といふらむ

文屋康秀

「吹くとたちまち秋の草木がしおれてしまうから、だから山風のこと、嵐（荒らし）っていうんだね。」という歌。

「嵐といふらむ」の嵐は、「荒らし」という意味と、山と風を組み合わせると嵐という字になることをかけている。直訳してしまうと、ただの言葉遊びのように見えてしまう歌だ。ただ、「ふくからにあきのくさきのしをるれば」という上の句の、音がすばらしくて、私は訳すのに躊躇していた。目のまえで、風の音がふっとひろがり、遅れて、かさかさと草の揺れる音が耳に届くような、そういう音だ。この歌はきっと、この「音」がすべてであって、きっと言葉遊びは本題ではない。遊びがあるのは、音を優先して楽しむためのように思えてならなかったんだ。

風はあまりにも一瞬で、それを歌にするとしたら、ちょっと31字でも多すぎる気がする。だって、風って何。風というものが浅いのではない、私たちが、風について知らなすぎる。ただその一側面を、見たり聞いたりして、それだけでまるですべてがわかったかのように、「風」という名を与え、呼んでいる。本当は、風というものの、指先や、かかとぐらいしか、私たちには見えていないし聞こえていないのではないのかなあ。だからこの歌の、何にも言ってないような感じは、とても「風の歌」らしい。まあ、それは、「荒らし」と「嵐」とか、山と風で「嵐」とかが、ちょっとしらけてみえてしまう現代だからこそかもしれないが。それでも。風は、すべての人を撫でながら、現在も平安も、決して収束することなく、流れ続けてきたから、そこにある感覚もまた、同じだと、つい信じたくなってしまう。

23

月《つき》見《み》れば　千々《ちぢ》にものこそ　悲《かな》しけれ
わが身《み》ひとつの　秋《あき》にはあらねど

大江千里

「月を見ていると、いろんなことが悲しく思えてくる。わたしだけの秋ではないはずなのに。」という歌だ。

秋はわたしだけのものではない。けれど、わたしだけにこのさみしさのある季節が、注がれているように感じてしまう。孤独というのはいつも、自分だけにやってきて、自分だけがそこに沈み、誰の声も聞こえず、自分の声もどこにも、届かないように錯覚をする。それは、どこか満月を一人で見つけた夜にも近く、まるで月もこちらを見ているような、予感がするのだ。だれも、この月に気づいてはいないような、月が秋の注ぎ口としてこちらをむいているように、思えたのかなあ。

月を見ているとと悲しくなってくる、けれど、その月は別の場所からも同じように見えているはずで、自分のように悲しい気持ちになっている人がどこかには、きっと、きっといる。だから、わたしは、「ひとり」ではないのかもしれない。なんて、思えるわけはなかった。悲しみを持つ人が、また別の悲しみを持つ人と共にいたところで、何かが満たされるわけはない。そんなつもりで近づいても、むなしくなるばかりだ。悲しさはいつだって自らの中に残り続ける。もし誰かと出会ったところで、悲しみとは別のところで、友情や愛が育まれるにすぎない。もちろんそれはすばらしいけれど。悲しみとは、どこまでも一人の肉体で、一人の精神で、一人の人生を生き抜く限りは現れる。それはけれど、自分自身という存在が、人生が、自分だけのものであり続けるということと表裏一体だ。悲しみがある、というそのこと自体は、もしかしたら悲劇ではないのかもしれない。

たった一人ではないのだ、本当は、この世界にはたくさんの人間が生きている。これから出会いもあるかもしれない、永遠に誰にも知られず生きていくことなんてむしろありえないことかもしれない。秋はすべてのひとにやってきている。空の月は誰もが見つけることができる。それでも、だからなんなのか、とつぶやく悲しさがここにはある。そいつはわたしの名前を、わたしの人生を、にぎりしめるようにして、守ってもいる。なんでもシエアができる、わかり合うってことがすばらしいことのように語られる、この時代に、それでも残ってしまった悲しみの、その「崩れなさ」に通じていく。とても、とても、現代に近い歌だとわたしは思う。

24

このたびは　幣《ぬさ》もとりあへず　手向山《たむけやま》
紅葉《もみぢ》の錦《にしき》　神《かみ》のまにまに　　　菅家

当時は、旅の無事を祈って、幣と呼ばれる紙吹雪のようなものを、神に捧げる風習があった。この歌は、「急な旅であったので、幣を用意できませんでした。その代わり、この山の紅葉の錦を捧げたい。」というような歌だ。

「神のまにまに」という響きが、言語ではないような、それでいて動物の鳴き声や、自然の物音のようにも聞こえないのが魅力的で、惹きつけられる。「まにまに」とは「にお任せをして」というような意味。ここでは、（紅葉を捧げますので）神の御心のままにお受け取りくださいい、というような意味になる。これって、なんとなく「いってきます」や「ごちそうさま」に近いものを感じてしまう。その言葉がどうしてそういう響きを持っているのか、その言葉に本来あった意味や由来にまで意識を伸ばすことはなく、自分が発する言葉なのに、自分が行う行為なのに、どこか、自分とは外れたところで起きた出来事のように感じている。作者の菅原道真が、「まにまに」を意識なく書いたと言うつもりはないけれど、しかし響きとして、捉えきれなさと、そうして人の言葉ではないような見え方に、どれほど近づいても近づけない幻影のようなものを感じてしまうし、その演出は、きっと意図されたものだと思う。人ならざるもの、異物感、異次元の言葉、そういうものを意味が通る言葉で作り出してしまうのは、声に出すということが和歌ではとても近くにあるからかもしれない。呪文に、近いのでしょうね。そもそも、和歌そのものが。なんてことを思います。

25

名《な》にし負《お》はば 逢坂山《あふさかやま》の さねかづら
人《ひと》に知《し》られで 来《く》るよしもがな

三条右大臣

さねかずらは真っ赤な小さな実が、球状に複数まとまってなる、つる草の植物。この歌はさねかずらとともに、恋人へと贈られたと言われている。歌の中で、逢坂山を「逢って」、さねかずらを「さ寝（寝る）」とかけており、そうした名前を持つこのさねかずらのつるをたぐっていけば、人に知られることもなく、あなたのところへ行くことができるのになあ、という歌だ。歌の中では「つるをたぐる」ことで、あなたのところへ行く、とされているけれど、この植物を見つけ、恋人のことを思ったとき、瞳の中にあったであろう真っ赤な実が、私はどうも気になった。ひとつひとつは小さくて、どれもが弾けそうな真っ赤な実。つるをたぐるというのであれば、この赤い実は、赤い糸をギュッと丸めてできたもののようにも思う。会えない、会えない、会えない、そのあいだにもこの糸は、切れてしまうのではと不安になる。それでも、彼女を諦められない、たとえ切れてしまったとしても、何度だって繋ぎ直そう。そんな破裂しそうな心のようだ。

訳には、赤い実が破裂することで、ぼくときみだけの新しい宇宙が窓の外にできるのだと書いた。貴族社会において、誰の目にもふれずに、というのは現代以上に難しかったであろうから。別の宇宙を作るぐらいに、非現実的なのだと、言葉の中に盛り込みたかった。

26

小倉山《をぐらやま》　峰《みね》のもみぢ葉《ば》　心《こころ》あらば
今《いま》ひとたびの　みゆき待《ま》たなむ
貞信公

宇多上皇が、小倉山の峯の紅葉のみごとさに、息子の醍醐天皇にも見せてやりたい、と呟いたのを貞信公が代弁して歌にしたもの。みゆきというのは天皇の「行幸」のこと。「小倉山の峯の紅葉よ、きみに心があるならば、天皇がここに来るまで、散らずに待っていてくれないか。」という歌だ。

私たちは本当に、本当に擬人化が好きだな。すこし前は、抽象的な概念とかに「ちゃん」をつけて呼ぶのが流行っていたし、はやぶさの帰還に人々は歓喜し、おかえりなさい、と言っていた。生命を擬似的に与えることでかわいがっているふりをして、どこか、「自分たちのステージに引きずり下ろしている」感がある。私たち、もしかしたら生命でないものに対する向き合い方が、わかっていないのではないか？　はやぶさの燃えながら帰ってくる姿、あれはもう、私、見ていられなかったんです。心臓がぎゅっとして、いたたまれなくなったけれど、でもどうして燃える機械にそんな感情が湧くのかわからなかった。しかたがないから「おかえり」と言ってみる。はやぶさを生命に「格下げ」し、共感という形をでっちあげてみる。本当はそんな単純なことではないのかもしれない。けれど言葉の通じない、感情のない機械に対して、そのままでは近づくこともできなかった。衝動が先だったんです。理屈ではないところで、「はやぶさよ！」と言いたくなるんだ。しかしはやぶさには耳もないし心もないので、つい「おかえりなさい！」と続けてしまう。そうやって擬人化ということにして、どうして言葉が届かない相手に声をかけたのか、というそのことに一つのオチをつけていた。はやぶさが生きているように見えるとか、そういうことでは決してなかった。ただ、言葉がそれ以外見つからなかった。人は、人以外にかける言葉を何も知らない、はやぶさにかける言葉など何も知らない。そして、紅葉も。美しくて、何かを言いたい、何かを語り掛けたかった。けれど、そいつを人と思わなくちゃ、言葉をみつけることもできない。これってそういうことではないのか。そういうことだと、せっかくなら思いたい。紅葉よ！　と叫んで始まる歌じゃないのか。

上皇のつぶやきを歌にしたという経緯からいって、ただ心が動かされ、その勢いで歌が生まれたわけではなく、むしろ演出が意図的に足されているといっていいはずだ。それでも、この技術として採用されたはずの擬人化が、極端すぎる表現なのに、妙にしっくり来るのが面白い。はやぶさよ！　海よ！　もみの木よ、教えて！　人の感情自体、そもそもがナチュラルではないのだし、なんてこともふと思う。

27

みかの原《はら》 わきて流《なが》るる 泉川《いづみがは》
いつ見《み》きとてか 恋《こひ》しかるらむ

中納言兼輔

「瓶原《みかのはら》をふたつに分けるように、湧いて流れる泉川。いつ見たと言うのだろう、あなたのことを。わからないのに、わたしはこんなにも、あなたを恋しく思っている。」というような歌。

結ばれるその日まで相手の顔を知らず、知らないまま、「あの家の娘さんは美人らしい」なんて話を聞いて、その噂に恋をして、文を出す。恋の歌を贈り、贈られ、想いを育んで、やっと許しが出ると夜に彼女の家に行く。そうして結ばれ、翌朝、彼は彼女の顔を知る。ついに、見るのだ。そんな恋愛が普通だった、当時の、「姿を見る」ということはどれほど神秘的だったのだろう。愛の、最終確認のような強さを持っていたのだろうか。顔を見せないことで、心を愛することからスタートできる、とか、メリットもあったのだろうか。

考えてしまう。けれど恋が成就したのち、彼がふたたび自分を訪れてくれるのか、というそこで自らの外見が大きく関わってくるというのは本当にいいことなんだろうか？　二度目がないというのは、一度目がないというよりずっと辛いように思う。見せずに引っ張り続けたせいで、だいぶ重要度が上がってしまった。「姿を見る」「見られる」ということが、現代よりずっと、重い意味を持ってしまっていたように思う。

今は、ほとんどのコミュニケーションが「相手の外見を知る」ことから始まる、SNSですら、深い関係を前提にするなら、写真を送り合い、顔を確かめようとする。だからこそ、「外見に恋をした」なんていえば、まるで浅はかな判断であるかのように語られる。「人を見た目で判断するな」とは言う、言うけれど、外見が浅い情報にみえるのは、それぐらい簡単に手に入る情報だからかもしれないよ。平安では、口説き落としてやっと、外見を知ることができる。それまでは、ちまたで流れた「あの子は美人だ」という噂だけが参考になる。しかしそれも女性の親戚や女房たちが、彼女にいい男性がやってくるよう、ふれまわっている噂でしかないのかもしれず、だから信じていいのかはわからない。それでも、真偽不明な情報が溢れていけば、想像は膨らむ。実態を確認できないのであれば、想像は、暴走する。その人の顔は、彼にとって神聖なものに変容していくだろう。美人だとかブスだとか、そういう言葉ではもはや足りない。どちらであっても、最後は失望するのかもしれない。人が想像をふくらませて作り上げた「美人像」を越えられる人って、どれ程美しくても、なかなか難しかったのではないかと思うのです。それは見えないことこそが、本当の意味での「美しさ」かもしれないから。見えないというそのことにすら、美を見出し、そこにある無限の可能性を愛でてしまう。それに、応えることって、生身ではなかなか厳しいはずです。

だからついに会えたそのとき、彼女の顔を愛せた、というそのことは、この時代の愛においては、決して浅くも軽くもなく、重大な出来事であったと思うのだ。それは美しければいいということでもなかったのかもしれない。何かを、超えていくことが必要で、自らの想像を超える人に会えたのであれば、それは、運命と呼んでしまえるほどのことだろう。女性からすれば、散々引っ張って隠してきたせいで、期待され、そのぶん失望もされてしまう。でもさ、それでも愛してほしいと願うしかないのだ。そこを飛び越えるほどの愛を感じた人だからこそ、家に呼ぼうと決めたのだ。つまり男女どちらにしたって、きっと外見は重い意味を持っていた。顔を愛すというそのことが、二人の愛を決定的なものにさえしていたのかもしれません。

「いつ見たというのだろう、あなたのことを。わからないのに、わたしはこんなにもあなたを恋しく思っている。」という歌は、相手にまだ一度も会えていないという状況なのか、もしくは一度だけ会ったことはあるけれど、それがいつだったのか思い出せない、という状況なのか、解釈は分かれるところです。けれど私は、まだ一度も会えていないのに、「会っていたような気がする」と、言ってしまう前者を選びたい。

あなたには会ったことがない、ないというのにもうこんなにも恋しい、あなたをどこかでもう、すでに一目見たからかもしれません。平安時代の事情をふまえると、不思議なリアリティがそこにはある。会うということに対する比重のかけ方、「あなたを見たことがあるのかも」という言葉がロマンチックな口説き文句として機能するのもこの時代独特。すでに会っているのかもしれない、という発想が、想像を育み恋をする当時の男性らしいとも思う。

いつのまにか湧いて、流れ始めた川によって、瓶原が二つに分かれてしまった。歌の前半では、会えないことを、分かれた瓶原によってたとえている。相手に会えないということを、未知の土地に「行けない」というふうにたとえるのではなく、それまでは行けていたはずの場所、ひとつの平地だった場所が、二つに分かれ、これまでは行き来ができていた向こう側に行けなくなった、と表現している。恋をした人の、自らが得体の知れないものになっていくような恐怖も詠み込んでいておもしろいなあ。愛した相手を思う通りにできないだけでなく、自分のこともうまくコントロールできなくなる。それでいて、もうあのひとと結ばれなければ生きていけないような、自らの命を半分相手が握っているような心地にもなるのだ。変容、変容、変容。恋に落ちるということは、楽しそうだったり潤っていたりする新天地を見つけることではなく、自らが不自由になり、自らの持っていた土地(心における)が、分断されるようなこと。「もうあなたに会っているのかもしれない」という、前後不覚かというぐらいの口説き文句がまさにぴったり。それでいて想像だけは、クリアなのだよなあ。自分の見ているものが現実かどうか曖昧になってしまうほど。

会えないまま育まれていく恋に、浮かされて、相手は見えないまま、自らを見失い、そうしてただ相手の名前を呼ぶのだ、あなたも、私を、呼んでください、と。

28

山里《やまさと》は　冬《ふゆ》ぞ寂《さび》しさ　まさりける
人目《ひとめ》も草《くさ》も　かれぬと思《おも》へば

源宗于朝臣

百人一首においては、何度もなんども、秋のさみしさが詠まれている。小倉百人一首を訳していたのは、二〇一七年の冬の終わりから夏の終わりにかけてだったから、次第に秋が近づいてくるのもあいまって、私は秋の物悲しさに何度も、会いたいような、会いたくないような、そういう待ち遠しさを感じていた。けれど訳が終わった今は、秋が来る前にすべてを訳し終えて、よかったのではないかとも思っている。秋の最中よりも、秋がもうすぐという時間のほうが、なんだかさみしさがわかる気がした。くりかえし歌に登場する秋に触れるたびに、さみしさは立体的になっていく。もうすぐ、やってくるからこそ、気配を感じるからこそ、私は秋に、ちいさな矢を放つように思いを馳せた。そうして、そのたびにその向こう側にある冬のことも考えていた。もはや、さみしいとすら語ることもできないような、冬の静けさのことが秋という言葉の奥に、ちらついていた。

秋のさみしさ、それはあるひとつの予感だったのかもしれない。冬というもっと静かな時間が、そのうちやってくるのだという予感。冬はそれがもはや実感に変わり、そうして春の予感にも包まれていく。さみしさはいつか終わるのだとわかる中で、目の前の静けさを、どう見つめていけばいいのか。終わるとわかっているからこそ、今そこにあるさみしさに鈍感になることもできないのだろう。言葉も感情も、冬の静けさに吸い込まれていくのかもしれない。

「山里では冬こそが寂しさの勝る季節だなあ。だれも訪問してこなくなるし、草も枯れてしまうのを思うと。」

この歌は、私にとって、冬そのもののような歌だ。人が消えたような透明感のある景色が広がって、どうしようもなく好きだ。冬こそがさみしい季節、というのは、秋のさみしさを否定しているのではなく、きっと秋のさみしさがしみて、骨までやってくるのが冬だと、言っているのだと思う。もはや「さみしさ」を発見するというより、「さみしさ」そのものとなって、春がくるのを待っていた。さみしいと声にすることはない、誰もやってはこないのだし。だから、静かななか、「冬ぞ寂しさまさりける」という言葉が、特別に響く。そっとしておいた白い雪をついにどかして、そこに眠る自分自身を見つけてしまったようだった。

29 心《こころ》あてに 折《を》らばや折《を》らむ 初霜《はつしも》の 置《お》きまどはせる 白菊《しらぎく》の花《はな》

凡河内躬恒

「あてずっぽうに折ってみようかな。初霜が降りて、どれが白菊で、どれが初霜なのか、わからなくなっているけれど。」という歌。

初霜が一面に降りたからって、白菊ぐらい見分けがつくだろう、という正岡子規の酷評がある。たしかに、霜と花びらじゃ、だいぶ違う白だろうな、と私も思う。久しぶりに会った姪っ子に「お姫様かと見間違えちゃったよ」と言うようなノリに少し似ている。姫ではないだろう、あきらかに。足はサンダルだしよ、と言うことはできるけれど、しかしそれってただただ野暮で、この歌にもそういう圧を感じています。なんだか、正岡子規が野暮だっていう話みたいになっているけれど、というよりは、野暮だからそこは言うなよ、という圧のある歌に対して、あえて、「んなわけないやん」とつっこんだのが子規だと思うのです。

私は、言葉は言葉単体で生きているものだと思っているので、リアルであることにあまり魅力を感じてはいない。実際のところ私は初霜が一面に降りたところなんて見たことがないし、白菊もたぶん二回ぐらいしか、生では見ていない。だから、この歌を読んで「華やかだな」と普通に思ってしまう。それは私が頭の中で、その言葉に合わせて想像するのであり、その中では、初霜と白菊は混ざり合い、もはや溶け合い、光を共に反射している。歌の通り、区別のつかない花と霜があるのだ。私の頭の中は、現実に対して写実的ではないし、言葉を読むとき、私は現実を通して言葉を理解するのではなく、私の頭を通して理解していくので、現実というのは実は、外側にあるものではないかとも思う。もちろん、現実は自分の存在する場所であり、本当は無関係ではないのだけれど。

ただ、野暮だからそこは言うなよ、という圧が生じているのは、作者はこの歌が非現実的だということを承知した上で詠んでいるからだとも思う。そんなこと歌の外側のことなので、私がそれを理由に歌を否定することはないけれど、でも、私は、リアルでないことを書きながら、その人にはたしかにそれが見えているのだろうな、と確信させてくれる言葉のほうが好きだ（浅井健一とか）。そのあたりとはちょっと違うかもしれないし、だから正岡子規の言いたいこともわかるのだった。私は、たぶん、霜も菊もリアルに想像できないから、この歌を楽しめたんだろう。これが、火星と信号機だったら、違ったかもしれない。

30

有明《ありあけ》の つれなく見《み》えし 別《わか》れより
暁《あかつき》ばかり 憂《う》きものはなし

壬生忠岑

「有明の月がそっけなく空にいるのが見えた、あの朝。きみとあの日、別れてから、ぼくにとっては暁の時間がなによりもつらいのです。」という歌。

「つれなく」は月がそっけないのか、それとも、相手がそっけないのか、諸説ある。明るくなった空に、欠けた月が、うっすらと浮かんで見えているのを、「そっけない」とするのは、時間の到来の無機質さを象徴しているようで面白く、私は前者を選んだ。選んだけれど、きっとここには相手がそのうちつれなくなるのではないか、次は会ってくれないかもしれない、みたいな、不安もあったように思うのです。

男性が女性の家に夜、訪れ、そうして朝に帰っていく。これが、当時の男女の、最初の顔合わせだ。歌のやりとりで惹かれ合い、この人ならばと思い合ったそのとき、やっと互いの顔を知る。それほど大切な時間であるというのに、朝はくる。知ったこっちゃないと言いたげに、空気も読まずに、時間通り、やってきてしまう。帰り道、次第に明るくなる空に、忘れ物のように月が残っていた。有明の月は、夜にも空にのぼっていたはずだ、自分たちは引き裂かれたのに、月はまだ夜が続いているかのようにそこにある。

時間がきてしまう、そのつれなさと、それから自分たちとは違って、まだ空に残っている月の、「しれっと」感。そうして、きみもまた、いつか、同じような表情をぼくに見せるのかもしれない。

どれほど、ふたりで楽しい時をすごしても、別れると、きみと見つめ合っていないと、不安がやってくるのです。次はいつ会えるのだろう、と考えるたび、次も、会ってくれるのだろうか、という不安がやってくる。完全に安心できる関係性など、恋のかかわり合いではありえないと思います。そうして、この歌は、つれなく、という言葉と、逢瀬のシーンが共存している。それならばこの二つがまったくの無関係というのはありえないだろう。共にいた時は、愛しかそこにはないような喜びがあった（だからこそ有明の月が恨めしい）、けれど、別れた途端に、相手もそうだったのだろうか？　自分が浮かれていただけではないのか？　という考えが頭をよぎる。つれない月、つれない時間、相手が発した「さようなら」が、思い返すと少しつめたかったような、気もしてくる、そんなの愛おしさのあまり、心が呼んだ幽霊みたいな不安だけれど。それでも、つれなさという言葉が、石が落とされた湖のように心に波紋を作っていく。また、次も、会ってくれるでしょうか？

31

朝《あさ》ぼらけ 有明《ありあけ》の月《つき》と 見《み》るまでに
吉野《よしの》の里《さと》に 降《ふ》れる白雪《しらゆき》

坂上是則

「夜が明けはじめるころ、空にまだ月が残っているのだろうかと勘違いするほど、吉野の里が明るかった。降り続いている雪が、白く町を覆い、美しく輝いていたのだった。」というような歌。

雪が反射する光を、月の光と誤解する。小学生の頃、私はこの歌を知り、人の感性が物事を何重にも美しく変えていくのだということを知った。感性は美しさを見つけるためだけではなく、より一層、世界を美しく変えてしまうこともあるのだと。雪の白さに反射した光は、実際は月ではなく、日の光だったのだろうか。朝ぼらけ、という時間からして、太陽はまだはっきりと空には見えなかったかもしれないが、その光は空のすみずみにまで染み渡って、そっと里に降りてきていただろう。太陽の光でありながら、まだ弱々しく、控えめな光が雪の表面で反射して、だからこそ月の光と誤解したのか。雪は、解けずに輝いたのだろう。

降り積もった雪というのは、十分に美しく、朝が始まったばかりの空も、清潔な色をして美しい。それでも人は、さらに美しいものを呼んでしまう。その止まらなさはなんなのだろうな。銀世界の吉野の里と、並行して流れる、月に照らされた吉野の里。ふしぎだ、現実を認識することだけが瞳ではない、感性ではない、と知ったとき、何十年も人が、生きていくその理由が、笑い、泣いて、怒って、生きていくその理由が、少しだけわかった気がした。

32

山川《やまがは》に 風《かぜ》のかけたる しがらみは
流《なが》れもあへぬ 紅葉《もみぢ》なりけり

春道列樹

「風が吹いて、山川にしがらみができている。流れきれない紅葉が、作り出したしがらみだ。」

しがらみっていうと、「しがらみから自由になりたい」とか「しがらみのない人生」とかそういう自分の足を引っ張るもの、束縛してくるものっていうイメージがあるけれど、しがらみ、漢字にすると「柵」である。

当時は、川の流れを堰き止めるために、川の中に杭を打ち、そして竹や柴を横に編み込んで、水が通らないようにしていた。それを、「しがらみ」と呼んでいたらしい。この歌では、散った紅葉が流れきれずに、石や川の端にひっかかり、溜まってしまっているのを

「風が作ったしがらみ」と呼んでいる。もちろんそこに束縛とか、悪いイメージがあるわけではないのだけれど、こうして言葉がすっかり変容してしまった今、「しがらみ」という響きがいちいち気になってしまうのは確かだし、それを無視して歌に接するって正直無理だと思うのです。知識として、当時は違ったと把握はできても、私は自分の持っている言葉をすべて手放していけるというポーズが取れない。言葉は人の手垢がたくさんついて、やっと機能するのだし、その手垢はつねに更新され続けているよ。

言葉が変わっていく悲しみがある。こうした歌に接していると、失われてきたものがあると強く感じる。けれど、それが言葉にとって悪かと言えばそうでもないと思う。ときどき若者の言葉を非難する意味で、「日本語を壊すな」「日本語を貧しくするな」という人たちがいるが、私にはその人たちが何をしたいのかまったくわからない。言葉を殺したいのだろうか？　言葉というのは変容していくものだし、壊れていくものだし、変化することをやめたなら、それは言葉を、自らの言葉を、見つけ出そうともがく人がどこにもいなくなったということだろう。「言葉を壊すな」というのは、「言葉を殺せ」ということであると、私は思ってしまう。

人が伝えようとする物事は、本当はとてもあいまいで、もやもやとして、本人だって白黒がつけられないものが多い。そうしたことを、はっきりと意味の定義された言葉にあてはめていくことは、本当はそれだけで暴力なんだ。感情や事実に対して、言葉は決して「ジャストサイズ」にはならないし、それでもひとは、伝えるということ、言葉にするということを諦めたくなくて、だから、言葉は変容していく。ガラスのコップが熱や水の勢いで割れていくように。このことの、どこが、貧しさなのか。「感情や事実を言葉にする」というそのことに対して、これほど真摯なことはないと思う。

変わっていくことで、過去の文学と大きく距離が開いていくことはあるだろう。古典を本当の意味で理解することはできなくなるのかもしれない。それでも、その離れてしまった距離もまた、人が言葉とともに生きてきたその証とも言える。私は、もはや当時のままでは鑑賞できなくなったこのような歌が、百人一首に入っていることをとても運命的に思う。千年を超えてやってくる感情はある、けれど、失うものもあるのだ。言葉である限り。ひとと違って、言葉は、一度も死なず、千年ずっと生きてきたのだから。そうした変化を否定したくはない。言葉のために感情があるのではない、事実があるのではない。いつか、私が書いた言葉も、伝わらなくなっていくだろう。それを嬉しいと思っていたい。未来の人の言葉を理解できなくなるだろう、美しいとも思えなくなるかもしれない。そのことを、嬉しいと思っていたい。私の前も後も生きていく言葉を、ただ私は、愛していたい。(ちなみに、言葉は感情に比べて明瞭すぎて、曖昧さを許さない、と書きましたが、そうした言葉を用いて、感情の曖昧さに肉薄しようとすることが、私にとっては詩を書くという行為でもあります。)

33

久方《ひさかた》の 光《ひかり》のどけき 春《はる》の日《ひ》に
静心《しづこころ》なく 花《はな》の散《ち》るらむ

紀友則

嵐の日ならともかくとして、桜は余裕ぶった散り方をする。満開の時期に花見をすると、ぱらぱらぱらぱら、小雨みたいな散り方を視界の端でずっとしていて、それでも上にあるのは満開の桜。ああ、これじゃ当分桜は終わらないな、なんてことを思う。だから散る姿にかなしみを感じるのは難しい。雨や強風の日に、一気に桜は落ちてしまうが、それまでの散り方ってちょっと余興というか、くるくるとせわしなく落ちていく様からして、「ちょっと花びら散ってみた」みたいなノリを感じてしまう。

「日の光がのどかな、この春の日に、慌てたように桜が散るのはどうしてだろう。」

この歌の「しづこころなく」という言い方はだからとてもよくわかる。落ち着きがないとか、慌てているとか、そういう感じ。花びらが落ちていく様に、どうもセンチメンタルがやってこない。桜が終わってしまうなあ、かなしいなあ、というよりは、落ち着きがないなあ、って幼い子を見るような感覚だろうか。きみはそういうとこはちょっと幼稚だよね、そこが優美なら、完璧優雅な花なのにね、みたいな態度。まだ花は満開で、光も穏やか、風もない。桜はまだまだ咲いているだろうし、そういう春の落ち着きに、作者もすっかり染まって、おだやかな、落ち着いた大人の側に立っている。

34

誰《たれ》をかも 知《し》る人《ひと》にせむ 高砂《たかさご》の
松《まつ》も昔《むかし》の 友《とも》ならなくに

藤原興風

年老いた作者が「友達もみんな死んでしまった。いったい誰を友としたらいいのか。高砂の長寿の松ですら、昔からの友ではないし。」と詠んだ歌だ。同じような長寿の松ならいるけれど、松とはやはり（話すこともできないし）、友達にはなれない。

自分以外の全てがせわしなく変わっていくような感覚、置き去りにされる感覚の、その十倍ぐらいの孤独を、木は浴びていたっておかしくない。彼は動くことができないし、変わらないものを探しにいくことも、旅に出ることもできないのだから。そうして、「昔はこんなだった」と誰かに語ることもできないんだ。ただ立ち尽くして、去っていくものの背中を見つめている。けれど、そこにいるだけで、また誰かがやってくるということも、彼は知っている。追いかけたり、旅に出ないからこそ、別れがどれほど多くあったとしても、出会いが絶えることはないのだということを知っている。だから、木に抱きつくと安心するのかなあ。感傷的すぎず、楽観的すぎない、時間の流れにとても素直な生き物だと思う。

そうした存在と、長生きをすることで一人ぼっちになってしまった自分を重ね、友達にはなれない、とつけくわえる。人は、木のように老いることはできないだろう。私たちは動けるし、旅にも出られるし、語り合える。それはとても喜ばしいことだと、思ってしまっている。それでも、年老いた松の木があるということ、その木が、立ち尽くしているということは、安らぎを与えてくれる。別れがあれば、出会いもある、それは、木だって、人だって、同じなのだから。

35

人《ひと》はいさ 心《こころ》も知《し》らず ふるさとは
花《はな》ぞ昔《むかし》の 香《か》ににほひける

紀貫之

金木犀の香りが好きだった。そういえば、と思い出す。けれど香りは本当に、あっという間に消えていくし、記憶の中にも残っていかない気がしていた。今は秋じゃない、咲く季節じゃない、すると、金木犀の香りを頭の中で再現すらできない。何度も好きだと思ったのに、何度もそれを嗅いだのに。本当に目の前にそれがある、そのときにしか現れない。香り。私はそれでも毎年、金木犀の匂いに触れて、「ああ、これだ!」と記憶を100%、なぞられたような痺れを感じる。思い出せなかった、ずっと思い出せなかったのに、今、触れたそれは、記憶していた通りなんだ、それがはっきりわかる、わかるという、その快感がある。一年経っていても、きっともっと時間が経っていても、その香りに触れれば必ず、すべてを思い出していく。

そういうことって、香りの記憶以外にもあるんだろうか？　見たもの、聞いたもの、それらはなんとなく思い返すことができて、だからこそ、だんだん、本当に見た・聞いたものから、記憶が、ずれていく。久しぶりに実物に触れても「あれ？　こんなのだっけ？」なんて言ってしまうことはあるし、記憶が１００％、再現され目の前に現れたような、そんな快感はなかなか生じない。

過去のものであるはずの記憶が、自分と一緒に時を経て、変容していくというのはおもしろいし、時間の流れの中、過去がひたすら離れていくのはかなしいが、必要な「かなしさ」であるとも思う。香りの快感は、それらとは次元が少し異なっていて、本当は比較するような対象でもないのかもしれない。自分の記憶なのに、自分の勝手で引き出すことができない記憶。それは、本当に「私の記憶」なんだろうか？　私は、「私の体」すべてを、自分が知っているとは思えない。そのことを、思い出していた。もしかしたら香りを感じているのは「私」ではなく「私の体」なのかもしれない。内臓や血といった、体のどこかに記憶は収納されて、残されているのかもしれなかった。だから１００％の再現を感じたとき、肉体と自分が直結した気がするのだろうか、それが快感であるのかもしれないなあ。

36

夏《なつ》の夜《よ》は　まだ宵《よひ》ながら　明《あ》けぬるを
雲《くも》のいづこに　月宿《つきやど》るらむ

清原深養父

「夏の夜は、夜になったばかりだというのにもう明けてしまった。雲のどのあたりに、月は宿っているのだろう。」という歌。

月が出て、それから沈むのを、待つこともなく夜が明ける。しかたがなく月は雲の中に入り込んだ。雲に宿る、ということは、雲にとどまる、くらいの意味だと思うのだけれど、しかしあわてて雲に宿をとった、という風にも見えて面白い。そうなると、月は明るいうちは眠っている、ってことなんだろうか？　なんだか終電を逃して、しかたがないからカプセルホテルを探そう、っていう感覚に近い気もする。どちらにしても、明るくなってきた空から逃げるように、雲に入っていく月、というのは、なんだか月が夜行性の動物みたいでおもしろい。

この歌は、作者が月に見とれていると、あっという間に夜が明けてしまい、「あーあ、残念」と詠まれたものだ。それまではずっと月を見ていたのか？　わかるけど、でも、どうして人はこんなにも、月が好きなのかなあ。こどものころ、私は「太陽が眩しすぎるから、その代わりにみんな月を見るのかな」なんてことを思っていた。太陽がとても大切で、必要な星であることは確かだけれど、でも、直視することができない、見つめることができないから、人はその憧れをそのまま、月に向けたのではないかなあ。光っていて、でも直視できて、大きな星。太陽の代わりであって、だからこそ月は、ちょっと馴れ馴れしい見方をされる。この歌だって、夜は堂々と輝いていた月が、朝にのまれ、光が弱まってくると同時、そそくさと雲に隠れていく、という、ちょっと滑稽な姿を切り取っている。本当は、月もまた神秘的で美しいのだ、改めてスーパームーンの時期だとかに思う。けれど、忘れているっていうのもいいものですよね。慣れて、扱いが雑になっていくときの人間のまなざしも、私は結構好きだったりする。

37

白露《しらつゆ》に 風《かぜ》の吹《ふ》きしく 秋《あき》の野《の》は
つらぬきとめぬ 玉《たま》ぞ散《ち》りける

文屋朝康

「秋の野の、草の葉にのこっていた露が、太陽の光をあびて、白くかがやいている。風が吹くとその露が飛ばされていき、まるで紐に通されていた玉が、散ってこぼれていくようだ。」というような歌。

玉というのは真珠をはじめとした宝石のこと。首飾りのようなものが、切れて、バラバラと散っていく様子と、露が風によってとばされていく様を重ねている。

当時の宝石というものがどのような輝きをしていたのか、というのは正直なかなかイメージがつかない。磨き方もまったく違うだろうし、粒の揃え方とかも、どれぐらい徹底されていたのだろうか。現在でも、真珠といったって、ものによって輝きはバラバラだし、頭の中でイメージした光り方がぴたっとあっているかというと正直自信がない。

けれど、ふしぎなことに、紐が切れ、ばらばらと床に散らばり、ぶつかっては離れていくときの、真珠たちの輝きは、そのときの光は、平安時代とあまり変わらないのでは、と思うのだった。どうしてか、想像したその一場面のうつくしさには自信もあった。急に散っていく宝石たち。その動きによって、光が速さを持ち、視界を横断していく様。見えてくるのだ、静止画としての真珠はあいまいだとしても、その散らばる様は想像ができる。宝石、そのものというよりはその瞬間の「どきり」という感覚が、光景を美しくするからなのかな。当時の人が感じていた「どきり」と、私たちが感じる「どきり」は、きっと今と昔の真珠より、ずっと似通っているはず。それは、体を持ち、生まれてきたからこその、実感なのかもしれない。

露が真珠のようだ、という歌ならば、ここまで美しいとは思わなかっただろう。この、散っていく玉と、散っていく露の連なりによって、この歌はあきらかに千年を超える力を抱いている。それは、人という感覚、生きている人の感性がもたらしたものであると思う。

ひやっと、しますもんね。首飾りが急に切れたりしたら。宝石が散ってしまったら。でも、足元でくりひろげられる光景は、見たことがないほどに綺麗で、一瞬見とれちゃったりして。で、余計に、取り返しがつかなくなるんです。

38
忘《わす》らるる　身《み》をば思《おも》はず　誓《ちか》ひてし
人《ひと》の命《いのち》の　惜《を》しくもあるかな

右近

「忘れられる側である私のことは心配していません、ただ、神に愛を誓ったあなたが、どのような罰を受け、その命を失うのか。とても惜しく思います。」

「怖ぁ〜!」と、言ってしまえばそれまでの歌ではある。この「惜しく思います」というのが嫌みなのか、まだ相手を嫌い切れていない現れなのかはわからない。というか、それは共存しているように見える。まだ、自分も痛みが走るというのに、言葉という鋭い刃物で、相手を地獄へと切り捨てようとしている。「罰を受けてください」、そう言ってしまえば、本当に言葉は、言霊として、相手の心に突き刺さり、相手に呪いをかけるだろう。それでも、言わずにはいられなかった。ただの言葉ではなく、歌として、完成もさせた。ただ叫んでいるだけでも、すがりついているだけでもない、ということが重要だと思う。感情が呪いになることにすら、自覚的だっただろう。そして悲しみを、痛みを、「怖ぁ〜！」という一言で消費されてしまう可能性も、見込んでいたはずだ。相手の男に、「うわ、怖！」と言われて歌を捨てられる可能性だって。

贈られた側も、本心では「申し訳ない」と思っていても、呪いをかわすために、軽く消費するしかないのかもしれない。そんな意味での「怖！」も十分ありえる。そういう歌だ、そういう歌だからこそ、「怖い」というふうに捉えたくはない。自分の悲しみや痛みが、結局は他人にとって見世物にしかならず、それで自分が死んでしまおうと、つきつめれば周りにとっては、「関係のないこと」であるという、そういう痛みすらも、この歌は含んでいるからだ。直球の恨み言が、あえてそのまま読み込まれている、この歌を、歌ではなく、人のつぶやきや、嘆きや、苦しみの一言として受け取るのは不誠実だろう。感情を吐露する歌が、逆に、彼女と世界の境界線を、際立たせている。外から、安全な場所から、彼女の痛みを消費するのではなく、私は彼女のそのときの痛みに触れたい。『千年後の百人一首』で現代訳に取り掛かるあいだ、そんなことを考えていた。

39

浅茅生《あさぢふ》の 小野《をの》の篠原《しのはら》 しのぶれど
あまりてなどか 人《ひと》の恋《こひ》しき
参議等

「浅茅が生えた小野の篠原。忍んでいたけれど、もうそれも限界だ。どうしてこんなにきみが恋しいのか。」

浅茅は植物の名前で、背が低く、白い穂がつくイネ科の植物。篠原は、竹が多く生えた原っぱのことをいい、小野は地名ではなく、小さな野原、みたいな意味。「浅茅が生えた小野の篠原」というのが、色味の少ない、どこかさみしさのある風景であることがわかる。「しのぶれど」と続けたいために、篠原を登場させているのだけれど、この景色が自分の内側にある、激しくて、鮮やかな感情と対比していておもしろい。

堪えきれない、というのが、本当は自分だけの問題ではない、というのをこの作者はわかっていたのではないか。自分は思いを隠して生きてきたけれど、そのことを知らずに、平穏にすごしている周囲の人間が、過ぎていく四季が、心をひどく刺激する。どうしてこんなに静かなのだろう。私の思いはこれほどに激しくて、常に暴れているのに。穏やかな場所にいると、余計に「もう、知られてもいい」と思ってしまう。静かな中では自分の心臓の音すら聞こえる気がする、すでになにもかもが明らかになってしまっているような、みんなに聞こえてしまっているような気もして、そのせいかもしれない。秘密を暴露したくなるのだ。

恋しさのあまり、というのもたしかにあるだろう。けれど、こうした静けさに煽られたという意味での「限界だ」でもあったのかもしれないと、私は読むたびに思います。

40

しのぶれど　色《いろ》に出《い》でにけり　わが恋《こひ》は
ものや思《おも》ふと　人《ひと》の問《と》ふまで

平兼盛

「恋していること、隠してきたはずだったのにな。色（表情や態度のこと）にすっかり出ていたらしいよ。きみ、恋をしているのと、尋ねられてしまうほどにね。」

恋をしているの、と尋ねられたことで、自分の恋が隠し切れていなかったことを知る、というもの。歌合の場で「忍恋」をテーマに詠まれた。41番と競りあった末、僅差で勝利している。

色というのは、顔色だけでなく、態度のことも表している。恋の色がでちゃっていたみたい、なんて風に書くと、なんだか少女漫画みたいだ、頬の斜線とかスクリーントーンでつくられたふわふわの背景とかをイメージしてしまいます。けれど似ているのは演出だけではなくて、こうした表現があくまで「愛」ではなく「恋」だっていうところもそうだ。片思いであろうが両思いであろうが、とにかくその思いに当事者が浮かされている。愛は育んでいくものなのかもしれないが、恋はうっかり落ちてしまった落とし穴、みたいなもので、その恋をどうするか、というよりは、恋に落ちてしまった自分をどうするか、ということが大きなテーマになっている。恋によって自分のコントロールが利かなくなるのだ。この歌もまた、恋がどうとかではなく、それを隠し切れていない自分が主題となっている。

恋への戸惑い、恋心によって変わっていく生活への戸惑い、叶いそうにない恋をもてあまし、苦しむしかない主人公……。愛はその当事者とともにあるけれど、恋は暴走する、自分さえも振り落とし、そのまま地平線まで走り去ってしまう。そういう、少女漫画が物語において表している恋のアン・コントローラブルなところを、「色」という一言で言い表しているのがこの歌だと思います。

41

恋《こひ》すてふ　わが名《な》はまだき　立《た》ちにけり
人知《ひとし》れずこそ　思《おも》ひそめしか

壬生忠見

「あの人、恋しているんだって、なんてもう噂になってしまった。好きになったばかりだし、誰にも知られずにいたかったのに。」というような歌。歌合にて、「忍恋」をテーマに詠まれた歌だ。

相手を好きになりはじめ、その思いを一人で育てていきたかったのに、もう周りにバレてしまった。なんだかもうピュアすぎて、百人一首の中ではだいぶ新鮮に思える。好きになったばかりなのに、周りにバレてしまっている、そういうはじまったばかりだからこそ露呈する恋というのは、たしかにあるだろうなあと思った。自らもその恋に戸惑うし、そうして浮かれもしてしまう。で、もしかしたら、噂が立つまでは、誰かに気づかれては厄介だ、ということにも気づいていなかったのかもしれないな。だから、隠そうと意識をしていなかったし、今になって慌てている。きみ、どんだけピュアなのか。心配になるよ！周りがからかうせいで、自分の恋が、霞の向こうに隠れてしまったように見えなくなる。一人でちゃんと育てていきたかったのに。意地を張ってしまったり、周りの言葉を気にしてしまったり。考えれば考えるほどそのピュアさと、無策さにハラハラしています。少女の初恋のような歌ですね。

忍恋といえば、誰にも知られてはいけない身分違いの恋とか不倫とか、相手に知られるわけにはいかない恋だとか、そういうドロドロしたものが詠まれることも結構あるわけで、だからこそ、この歌のピュアさというのは引き立っていくのかな。なにより、この恋にもいつか、破裂しそうになるほどのドロドロした未来がくるかもしれない、という予感がするのがおもしろい。まだひとりでこの思いを育んでいたかった、という、恋を信じきり、恋そのものに苦しめられることなど想像もできていない、この歌の主人公。その初々しさが、テーマの存在によって、さらに際立って見えてきます。恋の先にあるものをひとつも恐れていないのだ、ただ、その恋を育てたい、一人で育てたいと願っている。そうしてだからこそドロドロになるまで人は突き進むのでしょうね。その先にある暗闇の気配、そうしてそれに気づくことのない希望に満ちた瞳、どうせならこの恋の未来、見届けたいと思ってしまうよ。

42

契《ちぎ》りきな かたみに袖《そで》を しぼりつつ
末《すゑ》の松山《まつやま》 波越《なみこ》さじとは

清原元輔

「契りましたよね。お互いに涙で濡れた袖をしぼりながら。波が末の松山を越さないように、私たちも互いを裏切らないと。」という歌。実際に裏切られたのは別の男性だが、作者が頼まれ代作している。

末の松山は、宮城の地名で、一一〇〇年前の貞観地震において、海辺にありながら波をかぶることがなかったため、物事が不変であること、とくに、男女の愛が不変であることをたとえる言葉として用いられていた。

同じことを思いながら、ふたりがともに涙を流すとき、それはただ、同時にそれぞれの涙が流れていたというわけではなくて、ふたりの心が、集い、溶け合い、一つの魂に姿を変えて、そうしてその魂が、一筋の涙を流すということなのだと思う。だからこの歌は、「涙を流してまで誓ったのに」と相手の裏切りを糾弾している。たった一つの魂に私たちはなれたのに、どうして裏切ることなどしたのですか。相手が自分を裏切ったことよりも、「あの時はあなたも泣いていたのに」ということが彼をより傷つけているようにも見える。契りよりも、約束の言葉よりも、あの日の涙が、彼にとって確かなものだったのだろう。

43

逢《あ》ひ見《み》ての　のちの心《こころ》に　くらぶれば
昔《むかし》はものを　思《おも》はざりけり

権中納言敦忠

「あなたに初めてお会いして、契りを結ぶことができた今になってみれば、以前の物想いなんて何にも考えてないようなものでした。」という歌。

女性と会った翌朝に、男性が女性へと贈った歌だ。作者は、「神に愛を誓ったあなたが、どのような罰を受け、その命を失うのか。とても惜しく思います。」という38番の歌を右近から贈られた人物である。関係を持った女性は右近以外にも多くいて、この43番のような歌を、さらっと言えてしまうところに、愛に対する身軽さを思う。

といっても、身軽であって、軽薄と言いたいわけではない。愛を伝えるためならば、過去の自分の苦しみもぽいっと軽んじられるような、そういう躊躇のなさ。愛を中心に思考をし、そのために、他のものに対しては柔軟だし、こだわりがない。それが軽薄だという人もいるとは思うけど、彼は、愛以外を軽んじているつもりではなく、愛をただ重んじているつもりなのだろう。少なくとも彼に愛されている女性は、なんて愛に誠実な人なのだと受け取るのかもしれなかった。

当時の恋においては「会う」は最後の段階にやってくるイベントだ。相手の顔も知らず、歌のやりとりだけで恋をしていく。会うのは、完全に恋に落ちた後であろうし、会うことは、愛の最終確認とも言える。「あなたは、永遠の愛を誓いますか？」だからこそ翌朝、家に帰ってから贈る歌には、ただただ愛を伝えることが求められた。そういうことを踏まえれば、彼のこの軽さは正しいのだと、思います。思い切りの良さに、転じるからです。求められたものを囁くことができる、恋に慣れた男性の歌。

44

逢《あ》ふことの 絶《た》えてしなくは なかなかに

人《ひと》をも身《み》をも 恨《うら》みざらまし

中納言朝忠

「こんなに苦しいなら、もう永遠に会えないほうがまだマシだ。そうすればあの人を恨んだり、自分を恨んだりすることもなくなるんだろう。」

一度、気持ちを通わせた二人が、完全に切り離されることなどない。愛情が憎しみや恨みや怒りに変わることはあっても、つなぐ糸が切れることはない。「永遠に会えないほうがまだマシだ」という言葉はあまりにも非現実的で、むしろ、ありえぬことだからこそ言えるのではないかと思う。愛が終わってしまっても、終わったという事実が続くのだ。何もなかったころには、決して戻れない。

完全な断絶を望んでいるが、しかしそれが本心なわけではない。恋い焦がれたころは、あれほどに関わりたかった、あの人の心に触れたかった。もう、なんでもいいから、あの人にこちらを見てほしい、そうも願っていた。やっと結ぶことができたのが、愛情ではなく恨みの感情であったとき、「そうじゃない、愛し合いたかったのだ」と素直に言えないのは、恋い焦がれた昔の自分が「なんでもいいから」と願ってしまったからかもしれない。あのころは、こちらを見てほしいと思った、なんでもいい、不快だという顔でもいいから、無視をしないでほしいと願った。愛を望んではいたけれど、そんなことを望むのは強欲すぎると思っていた。

恨んでしまう今、そうじゃない、本当はぼくらは愛し合えるはずだった、そう思ってしまっている。それが、恨みという言葉になっているのではないだろうか。強欲すぎると思っていた昔の自分と、愛だけがほしいと願う今の自分のどちらが、正直なのか、ぼくにはもうわからないのだ。

この歌では恨む対象が、相手だけでなく自分も同列に挙げられている。恋をしてしまった相手に対する恨みでもありながら、愛をまだ求めてしまう現在の自分、それからなんでもいいからとまで思ってしまった過去の自分、そのすべてを含んでいるのではないかと思った。恋においては自分自身もまた、相手と同じぐらい、何を考えているのかわからない、不穏な存在になるのかもしれない。

45

あはれとも　いふべき人《ひと》は　思《おも》ほえで
身《み》のいたづらに　なりぬべきかな

謙徳公

「かわいそうにと言ってくれそうな人も、私には思い浮かばない。私は一人、あなたを思いながら息絶えてしまいそう。」という歌。

結ばれたはずの女性が、よそよそしくなり、ついには会ってくれなくなった際の歌だとされている。女性にふられて、そのときに持ち出すのが「私を哀れんでくれる人などいないのですよ」というのは、なかなか痛ましく、自虐的、といえばそうなのだけれど、しかし他者に対して期待しているのは「哀れみ」だけなのかーとちょっと気になったりもする。あなた以外に私を愛してくれる人はいない、とか、あなた以外に私が愛する人はいない、とか、あなた以外にこの傷を癒せる人はいない、とか、そういうことではなく、他者は自分を哀れむ存在でしかなく、それ以上のものは想像もできていない感じだ。彼女が彼のすべてであったのだろう。哀れみとは、自分自身の内側には届いていかないものであるし、彼にとっては「世界=彼女」だったのかもしれない。

哀れみが、自分を変えていくことはないだろうと思う。ある意味で、無関係な人が無関係なままで、無関係なところから関わるときに、あるのが「哀れみ」かもしれず、だとしたらそれは決して中には染み込んではこないだろう。そして、染み込まないからこそ、「哀れみ」をきっかけに、自らの輪郭を見つけ出すのかもしれなかった。自ら進んで「哀れんでほしいと」望むことなどそうないと思うし、この歌における「哀れむ他人」は、別に彼が求めているものではなく、彼女に対して「考え直して！」と訴えかけるための材料でしかない。ただ、そうだとしても、彼にとって他者は、完全な「無関係」であったのか、疑わしい。悲しみながら、それでもその悲しみの奥にしか希望を見出せないとき、自らを捨てた彼女が、もう一度戻ってくるそのことだけを夢見てしまったとき、前を向いているつもりなのに、何も、見えない状態が続く。自分という場所から世界を見つめているはずなのに、どこにも、自分が見当たらず、ただ雷のように走る痛みを目印に、生き続けるしかなくなってしまう。哀れみそのものは、内側には届かないものだろう、一日をやり過ごすことにしか役に立たないものかもしれない。でも、たとえ傷が癒えなくても、それでも一日をどうにか乗り越えることができたなら、それは万々歳とも言える。彼は他者など求めていないだろう。彼女が帰ってくることだけを望んでいるのだろう。それでも、「哀れんでくれる人もいない」という言葉を吐くことで、彼の悲しみを超えたところに、彼が意識しているよりずっと絶望的な孤独が、息づいているように私は思う。

46

由良《ゆら》の門《と》を　渡《わた》る舟人《ふなびと》　かぢを絶《た》え
ゆくへも知《し》らぬ　恋《こひ》の道《みち》かな

曾禰好忠

「由良の門を渡っている舟人の、櫂（船をこぐ道具）がなくなってしまい、どこへ向かっているのかもわからなくなってしまった。そんな、恋の道だ。」という歌。由良の門とは、和歌山の海峡もしくは丹後の河口で、潮の流れがとても激しい場所。船を満足にこぐこともできず、流されていく船と、恋を重ねて歌にしている。

自分がこぐことのできない船も、進んでいくものだ。それは恋も同じだろう。自分に進むという意思があろうとなかろうと、流されていくものだ。それなら、その流れを作り出す海こそが、自分が恋するあの人だろうか。

彼女がふと投げかけた言葉や、態度。海にとっての波のように、彼女にとってそれは、ほんのささいなことなのだろう。けれど、その瞬間、彼の船は大きく揺れて、そうして流されていってしまう。そうして彼は、その衝撃を、「彼女」と思うのだ。その人のことを、知り尽くすことなどできない、それは誰に対してもそうで、だからこそ私たちは関わり合おうとする。わからないからこそ、関わり合おうとする。けれど、恋をしたとき、その大きな衝撃に、人は相手の印象を鮮烈に感じてしまう。その人というものをそこで「知った」と思ってしまうのだ。そうして恋をすればするほど、相手のことを考え、見つめ、衝撃を受け続け、そうして相手のことをいつのまにか、自分はよく知っている、ようく理解していると思い込んでしまう。恋にのまれた側でありながら、恋の未来を考えてしまうのは、想像してしまうのは、そうしたことがあるからだろうか。本当は波にのまれているのに、乗りこなそうとしてしまう、どこかで、すでに、できてもいると思ってしまう。そしてだからこそ、その先に裏切りや幻滅があるのだろう。相手が自分の想像を超えた存在であるときに、心がつい、砕かれてしまう。それは、どうしようもないことだ、相手のことが頭を占めれば占めるほど、相手が一人の人間であり、理解し得ない存在だと、思うことができなくなる。この歌はそれを、「櫂を失う」ことで放棄していた。恋にのまれた心情を、描いているように見えて、それはとても、珍しいものに見える。わずかなコントロールも敵わなくなる、その状態だと自ら、認めている。恋をしておきながら、その恋がどうなるか、そこに一切の期待がない。それが心の底からできる人って、本当に少ないと思うのです。彼が、歌の中だけでそれを込めたのか、心の底からそう信じていたのかは、わからないけれど。

47

八重《やへ》むぐら しげれる宿《やど》の さびしきに
人《ひと》こそ見《み》えね 秋は来《き》にけり

恵慶法師

昔に建てられた豪華な邸宅が荒れ果ててしまっているのを見て詠まれた歌だ。「幾重にも葎《むぐら》(つる草)が茂る、さみしい宿に、やってくる人は見当たらないが、秋は訪れていた。」

ここでいう宿は住まいのこと。葎は、荒れた家を表すさいに、よく用いられる。百人一首では「秋はさみしい季節」と詠まれることが多いけれど、ここでは、秋よりこの家がさみしく、そうしてその家を訪れる唯一の客が「秋」だった。秋が唯一の、賑やかしということだろうか。

私には、秋はさみしいという主旨で詠まれた歌よりも、この歌に、秋のさみしさを感じてしまう。誰も人が訪れない荒れ果てた豪邸に、夏が来たところで「来た」とは思わないだろう、部屋の中に入ってこずに、外で光を暴れさせている気がする。冬が来たところで「来た」と思わないだろう、家全体を包み込んで、押しつぶそうとするような、そういう冷気を感じてしまう。春が来たところで「来た」とは思わないだろう、むしろ部屋の中にあった冬の冷え切った空気が、意気揚々と出ていくのを感じる。秋は、たしかに部屋の中まで入ってくるだろう。それは、冷気としてでもあるし、風としてでもあるけれど、なによりも、さみしいという感情に共鳴するために、やってくるように思います。

さみしいと思うとき、それは、たとえば大勢でいるのにそこに心が馴染んでいかないとき。もしくは、荒れ果てた家のように、にぎやかな過去や、にぎやかな別の場所を思い浮かべながら、じっと静かな現在に触れているとき。そんなとき、人は秋を見つける気がする。秋が、瞳の奥にまで入ってくるように思うのです。散っていく、終わっていく、お祭りのようだった春や夏。そうして全てが眠るような冬の気配がかすかにする。その中で、さみしいひとほど、早く、秋を見つけるだろう。自分以外、だれもがとても楽しそうだけれど、まだまだ夏のように、楽しそうだけれど、一人、私だけが、夏から秋に、移行してしまう。ふしぎだ、さみしいのに、置き去りではない。自分が誰よりも先行して、秋へと溶け込んでいく。けれど、さみしさって本当はそういうものだと思うのです。世界が私を無視するのではなくて、私が世界を無視することで、そっと湧き出る感情なのだと。

48

風《かぜ》をいたみ 岩《いは》うつ波《なみ》の おのれのみ
くだけてものを 思《おも》ふころかな

源重之

「風が強いために、波が岩をうち、そうして波だけが砕けていく。私もまた、私だけが砕けるように、物思いにふける頃です。」

激しい恋心に突き動かされて、何度もなんどもアプローチをするのに、相手は岩のように動じず、自分の心（波）だけが砕けてぼろぼろになっていく。私だって、砕けずに済むならそうしたい、けれど、風が強いのだ、この思いは止められないのだ。傷だらけになるくらいなら、そんなのやめてしまえばいい、と第三者なら言えるけれど、やめるってどうしたらいいのですか？　傷つくほどの思いというのは、当事者すらもはや引きずって、暴走しているものだと思う。

ところで、自分がどれほどぶつかっていっても動じない女性のことを、「岩」にたとえるのって、ちょっと「あんまり」では……と思っていた。恋に引きずられて疲れ果ててしまったのだろうか。相手はたしかにそこにいる、いるけれどもう、自分の独り相撲になっている、という、そのことに、本人もうすうす気づきはじめている。それでも止められないから、悲嘆に暮れているのだろうか。相手の女性には、少しいらっともしているのではないか。岩呼ばわりなんてしているのを見たら、ついそんなことを考えてしまう。

岩は、動くことができない。なにかにうちよせたり、ぶつかったりすることはできない。彼女は、波にはなれないのか？　別の誰かへの思いに震えている波にはならないのだろうか？　相手にも意思があるということを、つい忘れてしまったかのような、このモチーフ選びが、それこそ、まったく相手にされておらず、自分の思いしか捉えきれない彼の心をよく表している。好きっていう気持ちを、伝えようとすればするほど、伝えたい、わかってほしいという気持ちばかりが先走って、「好き」って気持ち、忘れていってしまうのだろうか。

49

御垣守《みかきもり》 衛士《ゑじ》のたく火《ひ》の 夜《よる》は燃《も》え
昼《ひる》は消《き》えつつ ものをこそ思《おも》へ

大中臣能宣朝臣

御垣守とは、宮中の門番のこと。また、衛士は宮中の警護のために地方から派遣された兵士のこと。夜は交代で門番をしていた。
「宮中の門番のためにつけられた火が、夜は燃えて、昼は消えて。同じように、私も、夜は燃え、昼は消えるように、もの思いにふけっています。」

このころの「火」と、現代における「火」は確実に違う。ガスコンロやキャンプファイヤーやたき火として、火を見ることはある。けれど、そんな火からこの歌は生まれないだろうと思う。

先日、ガスコンロを新しいものに変えました。なんと付けっ放しだと、自動的に消えるようになっていて！　どんどん火に対して警戒しなくなるな、とそれはそれで怖くもなったのです。私にとって一番野生に近い火は、きっと幼いころに見たキャンプファイヤーなんでしょうけど、あれだって小学校で先生が警戒しながらつけてくれたものだし、つけた道具は安全スイッチ付きのライターだろうし。少しでも失敗したら辺り一面が燃えてしまう、あっという間に建物すべてが燃えてしまう、なんていう危機感を私は抱いたことがないのではないか？　木造の建物も、町からだいぶ消えている。火を、御しながら使う、ということを、私はきっと知らないのだろう。機械や他人にそうした役割を担わせて、火と仲よくなったつもりでいる。火って便利ねなんて思う。そういう私にこの歌の「火」を、知ることはできないのではないか。必要だからしかたなく夜に大きな火をつける、その火を絶やさないように、それでいて、膨らまさないように、気を張らなければいけない。役に立つようで、それ以上に恐ろしい、火。

火もまた、苦しいのだと思います。燃えている間、ずっと苦しいのだろうと。火花が散り、炭にかわっていく燃料たち。自分のことを止められない、というのは愛よりも、ずっと火のほうが身に覚えのあることだろう。明るくても、暖かくても、それ以上にすべてを殺してしまいそうな恐ろしさがある。けれど、彼は、そうした火が消えてしまった昼をさみしく思う。夜、愛しい女性に会うことができた、それは決して喜びだけでなく、苦しさもある、恐ろしさもあることだ。それでも、昼になり、彼女と離れ離れになると、その恐ろしささえ懐かしくなる。安堵などできなかった、さみしさだけが自分を襲い、そうして、次の夜を待ち焦がれてしまう。単に、あなたに会える時間、愛が燃え上がる時間が懐かしいというだけでなく、その時間の痛みすら、懐かしいという、そういう歌だと私は思う。

50

君《きみ》がため　惜《を》しからざりし　命《いのち》さへ
ながくもがなと　思《おも》ひけるかな

藤原義孝

命をかけて愛します、という表現は人間の歴史とともに、ずっとあったのだろうと思うが、私にはそれがよくわからない。ちいさなころからそういう話を読むと、本気で、「どっちやねん」と言いたくなった。だって死んだら愛せないよね？　愛するなら生きないとね？　死ぬほど悲しいとかならわかるけど、愛に命をかけるってなんなのか。タイタニックのラストのように、愛する人と自分の命、どちらかを選ばなければいけない状況に置かれて、そこで、愛する人を選ぶ、そのために命を捨てる、ということなら、まだわかるような気がするけれど、しかしそれは、自分より愛を選ぶとかそういうことではなく、ただ自分より相手を、選んだというだけ。もし自分を選んでしまったとしても、そこにも愛はきっとあるのだ。愛のために命を捨てる、とはなんなのか。命を捨てなければ消え去ってしまう愛って、それは本当に愛なのか。ずっと納得がいかなかった。

幼いころ「ロミオとジュリエット」を読んだときに考えてしまったこと。この悲劇に対しては「落ち着けよ、ふたり！　ほんまに落ち着け！」という気持ちでいっぱいになった。その人がいなければ、生きていけない、というその判断が、普通にもう理解できない。もちろん、そこには、二人の死が、誤解と伝達ミスによって起こったことだということも関係あるとは思います。でも、やっぱり、どうして、相手が死んだというそのことで、自分も死ぬという発想になるのか。それは愛と関係あるのだろうか、本当に？　相手を追いかけていくことは、相手がいない世界を生きていくことよりは、苦ではないように思ってしまう。そこを選択することが「愛に殉ずる」ことのように描かれるのはどうしてなんだろう？　それは本当に、「深く愛し合っていたことの証明」になっているのだろうか？（余談ですが私は「めぞん一刻」の響子さんが好きです。）

愛に殉ずる、ということが、本当に愛に届くものだとは思えなかった。愛だけが自らを生かすような日々を過ごしてきた人が、愛を失うことに恐怖して選択するのだということはわかる。でもそれは、愛の証明ではなく、その人の「追い詰められた日々」の証明であると思うのだ。相手に対して、私の命は惜しくないくらいにあなたを愛しています、と言っても、それもまた証明にはならないように思う。なにより、相手は愛し合っているなら「長生きしてくれよ」という気持ちにしかならないのではないか。それは、相手を喜ばせる言葉ではないだろう。当事者に対して、命を捨てるほど、というのは、愛が大事なのか、二人の時間が大事なのか、自分が大事なのか、相手が大事なのか、わからなくなる。なんか……関係あるようで、ないと思うんですよね。愛と命って。愛と死って。死ぬって、めっちゃすごい、めっちゃ大変なことだから、だからそこと愛を一緒くたにして語れば、めっちゃ愛してる、めっちゃラブ、みたいな風に見えるってことかもしれないが、勢いでいろいろごまかしていないか、と思う。バンジージャンプしながらプロポーズしている感じ。

愛と死、それは空と海みたいなものじゃないですか。接してはいるけれど、海が荒れても、空は穏やかだったりするわけで、命で愛を証明するって、「愛のために死ぬ」というより、「愛によって殺される」、という感じがするのです。暴走する愛によって、冷静さを失い、命が巻き込まれてしまうような。

この歌は、「きみのためなら惜しくはない命だ、と思っていたはずなのに、きみに会えた後は、できるかぎり長く生きていたいと願っていたよ。」という歌です。とても素直と私は思いました。この場合の「惜しくはない命」というのは、きみを守るために自分の命を犠牲にする、とかそういう具体的な決意ではなくて、愛のためなら命だって捨てられる、というようなそれこそ勢いにまかせた「証明」の言葉だと私は捉えています。会って、愛し合って、そうして「一緒に生きていたい」と思うのは、愛が深まったということもあるのかもしれませんが、それよりも、彼の愛がやっと手触りを持ったからではないかと思う。一人では抱えきれず、暴走し、竜巻のように実体の見えない存在だった愛を、二人で支え合うことで、やっと二人はその姿を知る。「そうか、こういうものなのかあ」という愛への実感が、ある意味では愛をコンパクトにし、しかし、そのぶん、愛を具体的で、中身のあるものに変えた。愛がしょうもなくなったとかではないのです、実体がないというそのことで得体の知れないやばさだけを漂わせていた愛が、やっと実体を持ったのだと私は思う。だからこそこの歌は、愛を直視し、相手も直視しているのだと感じます。

51

かくとだに　えやはいぶきの　さしも草
さしも知《し》らじな　燃《も》ゆる思《おも》ひを

藤原実方朝臣

「こんなにも好きなのだということすら言えず、伊吹山のさしも草（よもぎ）のように、この燃える想い、あなたは知ることもなく、いるのでしょうね。」

初恋の歌とされている。ということは、この「好きなのだと言えない」というのは、勇気が出ないとか、どうしたらいいのかわからないとか、そういう理由なのだろうか。よもぎが登場しているのは、「さしも草」と「さしも知らじ」をかけるため。なおかつ、よもぎは燃やしてお灸にすることもあるので、そうした「火」のイメージが恋とつながっているのだろう。お灸は、たしかにごうごうと燃え上がったりはしないし、触れている人だけがじりじりと熱い。言葉にできない恋、伝えられない恋。いつも、静かにひとり、火傷をするのだ。そうして悪化すればするほど、余計に言葉にできなくなる。自分が感じている熱を、伝えられる言葉が、どこにもない気がしてしまう。初恋は、恋という言葉がなければただの痛みや苦しみとして、耐えるだけだったのかもしれない。それなのに、恋だという言葉にだけはたどり着いてしまった。たった一つその言葉があるせいで、考えることをやめられない。痛みや苦しみに麻痺してしまえば、やり過ごせる、なんてことがありえなくなる。ただ自分だけがその熱に、食い入るように集中をして、そうして、言葉にもならないまま、恋が研ぎ澄まされていく。だから、いつまでも、これ以上の言葉を必要としながら、延々と言葉が自分から剝がれていくのを感じてしまう。初恋を、恋だと気づいたそのとき、もう、どうやっても相手に伝わらないような気がするのではないだろうか。よもぎのお灸からはそんな一方通行の熱を想像してしまいます。

52

明《あ》けぬれば　暮《く》るるものとは　知《し》りながら
なほ恨《うら》めしき　朝《あさ》ぼらけかな

藤原道信朝臣

夜中に男女がはじめて出会い契りを結ぶという当時の習慣について、百人一首を訳すあいだ、ずっと考えていた。暗闇。どうして初対面を暗闇で行うのだろう。暗闇は、部屋の中にあるもの。そうして、一つのパーソナルスペースだと思う。自分がいる暗闇には決して、心を許せぬ人には入ってきてほしくない。真っ暗な部屋にいる時、その部屋が丸ごと自分の体になったように思う。何かの物音がするだけで、まるで急に肌に触れられたように怯えてしまう。それなのに、どうして彼らはそこで出会うのか。ふと、「いいえ、だからこそ、暗闇で会うことを選んだのかもしれない」、そう、思ってしまう。

「会う」という行為を、どこまでも重大なものに、困難で、恐ろしいものに、彼らはしようとしていたんじゃないだろうか。会うまで、相手のことを知ることができるのは和歌や手紙からだけだった。だからこそ言葉を贈るというその行為は、自分を千切り、相手へと届けるような、そんなことだったのかもしれない。「会わなくても十分だ」と言えるほどの言葉が、理想だったのかもしれないなあ。歌の才能が、人生を決めるほどの、時代の、言葉のあり方。神聖さ。それを超えてまで「会いたい」と欲することは、簡単に許されることではなかったのかもしれない。躊躇して当然の困難さを、その時間に宿すため、選ばれたのが暗闇だったのか。その感覚は、私もわかる。暗闇の中、目が慣れるのをじっと待つ。大切なものはここに、しまいこんで、もっと大切で、自分でも触れられなくなるほどにしてしまいたい、そう願ってしまう気持ち、ああ、わかる、と思ったんだ。

この歌は、夜が必ず明けてしまうというそのことを、恨めしいとしている歌だ。「夜が明ければ、またかならず暮れるということ、それはよくわかっているけれど、それでもぼんやり夜が明ける時間は恨めしい。」

なんども夜に逢い、そうして愛おしい人の顔を見る朝がやってきたとしても、やはりそこには別れがあるから、だから恨めしいと思う。もはやずっと夜でもいいのに、という思いが詰まったこの歌は、「ずっと一緒にいられるから」というのもあるけれど、暗闇というものが、自分たちを遠ざけるものではなく、近づけるもの、という考えがあるからのように思う。まったく顔が見えないとか、そういうことは大した問題ではないのだ。彼らは暗闇のほうがずっと、近しくなれると思っている。

53

嘆《なげ》きつつ ひとり寝《ぬ》る夜《よ》の 明《あ》くる間《ま》は
いかに久《ひさ》しき ものとかは知《し》る

右大将道綱母

夫が、ながらく自分のところに来てくれず、久しぶりに来たと思ったら、門を開けるまでにちょっと時間がかかっただけで「待ち疲れた」などと言われ、こっちはどれくらい待ったと思ってんのじゃ、という気持ちを込めて詠まれた歌とされている。ただ、作者の日記には、夫が他の女性のところに通うようになったので、自分の家に来ても門を開けず、無視をして、翌日になってこの歌を送った、と書かれている。どちらにしたって、夫が自分をほったらかして、不倫をしていることに対する怒りの歌だ。

「嘆きながら一人で眠る夜が、どれほど長いものか、私がどれほど待っていたか、あなたは知らないんでしょうね。」

当時の結婚は通い婚であり、なおかつ一夫多妻でもあったから、他のところに通うことに問題があるわけではないのかもしれないが、しかし彼女は彼を愛しているのであり、彼に愛されたいと願っているのであり、時代が許したとしても彼女は許さなくていい。怒るのは当たり前のことだ。問題があるかどうかとか、当時のルールに反しているかどうかとか、倫理的にどうかとか、そういうことは、「私だけを見ろや！」っていう気持ちが生じることにはなんの関係もないのであり、とにかく怒りは、彼女が彼を愛しているというそれだけで、生まれるものだ。彼女が嫉妬深いとか、プライドが高いとか、（そういう評もあるようだけれど）言うのは理不尽すぎると思う。

実際、この歌を送られて、男性側は「そんなに怒らなくても」と思ったとは思う。結婚しておきながらほったらかしにして、なおかつ「待ち疲れた」とか悪びれるそぶりもみせないところなどにそういう「怒りを想定してない感じ」が現れている。彼にとってはルールでOKなんだし、別に悪いことではないのだろう。でも、悪いことじゃないと思っていても、相手は悲しむ権利があるのだ、苦しくて、傷ついたのであれば、いくらでも悲しむのだ。これはそれだけのことである。

愛した人が別の女性も愛することを、つらいとか思った場合、こうやって歌で「つらい」と言うしかなかったのだろうか？　なんか変だな、それってルールの穴じゃないか？と思ってしまう。別に一夫多妻が良くないとか言う気はないけれど、こういうルールを作る場合、それによって生じる怒りとか悲しみは、どう処理したらいいのかまでシステムに組み込むべきじゃなかったのか？　たとえば不倫は問題ないが、妻がめっちゃさみしくなるような状況にしてしまうのはNG、とか。妻はめっちゃ悲しくなったら夫を監禁してOKとか。理論上はOKでも、苦しいことが起きれば怒りや悲しみは生じるし、それをぶつけたら「え、でも問題ないことだし、怒るなんてきみちょっとおかしいんじゃない？　プライド高いんじゃない？」とかって言われるのって、理不尽すぎるのでは。そこをルールがカバーしてないせいで、怒りや悲しみの原因がさも、彼女自身にあるかのように捉えられる。「だってほかは正常だし……やっぱおかしいのはきみでは……」みたいな態度で。意味わかんないですよね。ほんとそれはちょっとどうかと思います。もうね、ルールの穴をね、その穴埋めをね、人の涙にさせるなよと思ってしまう。怒りや悲しみが生まれることまで踏まえてシステムはあるべきではないのか？　システムが未熟すぎたのではないか？しかしこの理不尽のおかげでひとつの美しい歌がうまれたのだ、なーんて美談で私はまとめないぞ、絶対。

54
忘《わす》れじの ゆく末《すゑ》までは かたければ
今日《けふ》を限《かぎ》りの 命《いのち》ともがな

儀同三司母

「私をずっと忘れないと言ったあなたの言葉。この先、永遠に守られるとは思えないから、今日で、この命をおしまいにしてしまいたい。」

なんで恋をすると人はすぐに「永遠」とか「ずっと」とか約束をするのか。その言葉が相手に突き刺さっていくことをどうして考えないのだろうか？　あなたが私を簡単に裏切ると思っているわけではない、それでも、永遠は、永遠は違うってわかってしまうから。もっと上手に嘘をついてくれませんか。愛を伝えるために、どうしても、嘘が必要ならば。

恋の始まるころに詠まれた歌とされている。永遠にきみを忘れない、と早々に言ってしまった相手に対して、私はどうしても「なんでそこで永遠なんて言うん？　言ったからには、嘘になるんやで?」という気持ちでいっぱいになる。永遠に忘れないとか愛するとか、それはなんなのか。愛に永遠性が必要なのかもわからない。恋のスタートダッシュがあまりにも魅力的で、「きみは私の人生を変えた!」とか言いたくなるのはわかるけれど、だとしたら、その瞬間の喜びをその瞬間のこととして語るべきだ。愛なんていう実体のないものを売りつける限りは、だれもが若干詐欺師とならなくてはいけないが、にしたって「永遠」は嘘くさすぎて興ざめするからやめてほしい。「ずっと忘れない」だなんて、その場の自分ではなく未来の自分に、言葉の借金返済を押し付けているだけである。今この場の命を差し出せる誓いをしろ!

人はいつだって、他者に「別れ」の気配を感じてしまう。それは、ずうっと一緒にはいられないのだからしかたがないことだ。もしも、死ぬまでずっと愛し続けることが結果的にできたとしても、約束をしたその瞬間は、「そんなことというの?」という不安が相手に生じてしまうだろう。永遠とは相手に約束するものではなく、自分のなかで自分の命に約束するものだ。それ以上は、他者にその言葉を信じるための苦しみを、科すことになるだろう。たとえば、この歌のように。

55

滝《たき》の音《おと》は 絶《た》えて久《ひさ》しく なりぬれど
名《な》こそ流《なが》れて なほ聞《き》こえけれ

大納言公任

水の音はときどき、幻なのか、現実なのか、曖昧になる。水道から水がぽたぽた落ちる音がした気がして、見にいったのになにも落ちていなかった。水の流れる音がして、聞き間違いかなとスルーしていたら、水道から水が出しっぱなしになっていた。どちらも、私には経験がある。

そのことを思い出す。この歌は、作者が枯れてしまった滝を見つけ、詠んだものだ。歌が詠まれるよりさらに百年以上前、嵯峨天皇が離宮として大覚寺を作り、そこにあった滝は非常に美しいとされていたが、作者が訪れたころにはすでに枯れてしまっていた。

「滝の音は、水が枯れ、聞こえなくなり久しいけれど、その名声だけはまだ、ここまで流れてくることだ。」

　昔は美しかったんですよという声だけが今もあちこちから流れて、聞こえ、目の前には枯れた滝の石組みが立ち尽くしている。水というのはただでさえ摑みきれないものというか、目の前にあったって、今このときに流れているその姿を、その一瞬の姿を、捉えることはできないし、未来が現在に、現在が過去に変容していくその流れを遅れながらも目で追っていくしかない。「今」というその瞬間は、写真に撮らなきゃ捕まえられないのではないかな。そういう、水という存在が、枯れてしまうことで完全に過去のものになり、ある意味ではやっと「停止している」というのも、興味深い。たぶん他のもの、木とか、石とか、そういうものよりずっと、「失われた感じ」が少ないのではないだろうか。流れていたころだって、そこに何があるのか、本当の意味でこの瞳は捉えられないのだし。失われても、本当に消えてしまったのか、捉えられないのかもしれないし。「美しかったんですよ」という言葉が流れていくあいだ、それでもどこかには水が流れているような、そういう気配を歌の内に感じている。

56

あらざらむ　この世《よ》のほかの　思《おも》ひ出《で》に
今《いま》ひとたびの　逢《あ》ふこともがな

和泉式部

「私はもうすぐこの世から立ち去ります。あの世での思い出に、今一度だけ、あなたにお会いしたい。」

病の際に恋人に贈ったとされる歌。

悲しくて死んでしまいそうだ、愛しくて死んでしまいそうだ、と、感情の高ぶりの結果として死んでしまいそうだと歌の最後に詠まれることはあるけれど、しかし、「死んでしまいそうだ」ということを、歌の冒頭に持ってきておいて、そこには深く触れないこの歌の姿勢が、私は好きだ。文句なしの名歌だろう。「あらざらむ」がクールすぎる。

自分の命についての話はそこで終わり、それからは愛の話に変わっている。悲しいのは、もうすぐ自分が死ぬかもしれない、ということではなく、あなたにもう会えない、ということなのです、という生々しい声が聞こえる。演出ではなく、本気でそうだったのだろうと思わされる。未来があるということ、明日があるということよりも、これまであなたと共に生きてきた、ということのほうが、彼女にとっては重要であったのかもしれない。死というセンチメンタルに、一切心が侵されていない。「愛に生きる」とはまさに、と思う。

和泉式部は恋多き女性だったと言われている。そういう言い方をすると、まるで、一つ一つの恋は軽かったような印象を受けるが、もちろんこの歌からしてそれは間違いであるなとわかる。自分の未来よりも今の恋を見つめる和泉式部のまなざしは、むしろ愛に全てをかけていると感じる。わたしはだからこそ、彼女は結果的に、多くの恋をしてきたのだと思うし、ひとつひとつが軽薄だなんてことはちっともないだろう。いくつも恋をするのは、何人もを愛するのは、ひどく疲れますよ、単純に。軽い恋でそれをするのは、あまりにも、あまりにもねコスパが悪い。

57

めぐり逢《あ》ひて 見《み》しやそれとも わかぬ間《ま》に
雲《くも》がくれにし 夜半《よは》の月《つき》かな

紫式部

「めぐりあうことができたというのに、見たのがそのひとだとわかることもできないうちに去ってしまった。夜中の月もまた、同じように、雲に隠れて、消えてしまった。」

幼馴染に久しぶりに会えたと思ったら、あっという間に帰ってしまった。そのことを、光に気づき、見上げた途端に雲に隠れて消えてしまった月と重ねて歌にしている。月は光を放つので、はっきりとそれを認識するよりも先に「月だ」とたしかに思うことができるし、「見しやそれともわかぬ間に」という言葉がぴったりくる。夜中、思ったより外が明るく、月が出ているんだろうな、と見上げるそのとき、ちょうど雲がやってきて、その姿を隠してしまう。満月だったのか、少し欠けていたのか、そんなことも確認できないうちに、月の姿が見えなくなる。

幼馴染も同じだったのだろうか、「その人だとわかることもできないで」というのは、久しぶりに語り合い、「ああ変わってないねえ」と、その人の中にある昔の姿を見つけ出すことを指しているのかもしれない。たしかに、顔をみれば「あの子だ！」とわかるかもしれないが、「ひさしぶり」と言っただけで「じゃあね」となったら、会えた気にはどうもならない。それを月の満ち欠けと重ねたと思うと、さらに面白い。月は、太陽の光が反射している面だけ、輝いて見える。だから、どんな形をしていても、本当は球体のまま、変わらないのだ。しかし光の形でしか、私は認識できないし、雲に隠れてしまったらああ形がわからない、と思ってしまう。どんな形をしていようが、月は月ですよ、と言われても、球体は球体ですよ、と言われても、納得はできないだろう。形なんてわからなくても、本質は変わりませんよ、と言われても、見たいのだ。どんな形をしているか。

彼女もまた、変わらない部分はあるにきまっていた、彼女は彼女として生きているのだから、私が確かめようが、確かめなかろうが、彼女はそこにいるのだ、彼女が完全な別人になることなどないし、懐かしむこともできるはずだ。それでも、私は私の心で彼女に気づきたかった、彼女の心に気づきたかった。それは、本質的ではない、と言われても、私は私の心でもって、彼女に触れたかったのだ。

58

有馬山《ありまやま》 猪名《ゐな》の笹原《ささはら》 風吹《かぜふ》けば
いでそよ人《ひと》を 忘《わす》れやはする

大弐三位

「有間山から猪名の笹原まで、風が吹けば、そよそよと鳴る。そうよそうよ、私があなたを忘れるものですか。」

最近、あまり家に訪れなくなった男性が、「あなたが心変わりしていないか不安です。」などと送ってきたので、この歌で返した。なんで私が忘れるの？ 忘れていたのはあなたでしょう？ そよそよという笹の音と、「そうよそうよ」をかけている。「心変わり？ そうよそれよ。私は、あなたが、心変わりしていないか不安でしたよ。私はあなたを忘れたりしないのに……。」

「それそれー！」という言葉を思い出す。「あの子と山田くんめっちゃお似合いじゃない？」「それそれ！　ほんまそれなー！」みたいな、同意の言葉としてよく聞く。「そよそよ」というのがそれに近いと思うと、急激にこの歌に親しみがわく。たしかに散々自分を不安にさせてきた男性に、「ぼくは不安で……」など言われたら、「ほんと、それな。まじで、それな。わかるわ。私、不安だったわ。きみが連絡してこなくて不安だったからさ」と言って、じりじり距離を詰めたくなる。「それっすよ、よくわかってんじゃないですか。なのにどうして、連絡してこなかったの？」あまりにも悪手！　と男性の言葉には言いたくなるが、それをここまで爽やかに詰めるこの歌の姿勢が心地よい。

本人ではなく、笹の葉が「それそれー！」「それなー！」と言っているのだ、そう思うと、詰められたほうもちょっと楽だろう。本人に「それわかってんのに、どうして連絡できなかったん？」と言われるよりは、笹の葉に「それやーん！」「それやんかー！」と言われるほうがましだし、言っているほうもなんだかんだ楽なのだ。実際には本人の創作だとしても、それでも。ぬいぐるみやペットに自分の本心を代弁させせると、すこし相手も自分も楽に言葉と向き合える。作者も「不安で」とか言われて「はあ?」とは思っただろうけれど、それを直接言うのは労力がいる。なんで、こっちばっかりしんどい気持ちにならなければならないのか。そういうなかで、自分の周りにひろがる、笹原が、「そよそよ」と言ってくれたら心強いだろう。私は何も言っていませんよ、という顔をして、それでも彼をまっすぐに見つめる。私の心の声として受け取れ、という眼差しを向けてしまう。そしてそのうちぽつりと、「そうです、私、不安でしたよ。」と言うことができるのだろう。待たされる側、苦しい思いをする側は、いつもそれを訴えることにさらなる労力を求められる。その解決として笹の音というやわらかなものを選んだのは、彼のことを嫌いにはなりきれないからだろうか、とも思う。

59

やすらはで　寝《ね》なましものを　さ夜更《よふ》けて
傾《かたぶ》くまでの　月《つき》を見《み》しかな

赤染衛門

「待たなくていいとわかっていたら躊躇せずに寝てしまえたのに。夜が更けて、西に傾く月が見えている。」という歌。

作者の赤染衛門の姉妹に、男から「今晩行くよ」と連絡があったが、実際には来なかった。それで、赤染衛門が代筆でこの歌を詠んだと言われている。来ないなら、来ないって言えばいいのに、とも思うし、どうして夜が更けるまで、私は待ってしまっていたの、とも思う。期待を捨てきれない自分に呆れてしまったぶんだけ、待たせた男性にも少し、寛容になってしまう。そういうやわらかさを感じる歌だ。待たせたことの罪は変わらないはずなのに、どうしてか待ってしまった自分の間抜けさを思うと、彼への怒りも落ち着くのか。好きじゃなくなったんでしょう、というのは、どうも違う気がする。確かに、執着心のようなものはやわらいでいるし、のぼせるような「好き」ではないのかもしれないが、「まだ好きでいたい」という意味の「好き」が、そこには満ちているように思う。それは、愛の末期でもないし、愛がくすんできたということでもない。異物だった愛が、思考や感情に馴染んできたのではないか。愛に浮かれているよりもずっと、その姿は愛と共に暮らしている人らしくて、かわいらしい。赤染衛門も、待ってしまう姉妹のことを「かわいい」とどこかで思っていたのではないか、なんてことを歌から想像してしまう。

こういう感情をなかなか、相手の男性には直接、そのままでは言えないのではないかな。なんか待っちゃう自分も自分だなって思ったよ、なんてね。言えないね。目の前にいるとどうしても、責めすぎてしまったり、感極まってしまって涙が出てきたりしまったりするかもしれない。相手を萎縮させて、自分も必要以上に「傷ついた！」と主張してしまって、そういうつもりはなかったのに、と後で落ち込むことにもなるのかもしれない。そんな言えなさも踏まえて、こういう歌を赤染衛門は姉妹のために代筆したのかもしれない。

60

大江《おほえ》山《やま》 いく野《の》の道《みち》の 遠《とほ》ければ
まだふみも見《み》ず 天《あま》の橋立《はしだて》

小式部内侍

たとえば、親の仕事や技術を見たとき、積み重ねられた知識の片鱗を知ったとき、子供は親に対して「憧れ」を抱くだろう。近しい人、自分にいろんなことを教えてくれる人が、その人の人生において、何かを極めているのを知ると嬉しくなる。親が一人の人間として、人生という時間をかけて、積み重ねてきたものに触れたとき、自分の保護者としてではなく、一人の人間として、親を見つめることができる。それは、とても幸せな体験であるはずだ。才能や技術や、実績や知識といったものから離れたところで、親に出会い、ともに時間を過ごしてきた子供にとって、後から知る「親の人生」は、第三者が親に接して感じる「敬意」よりもずっと深いものになるだろう。子供が、親のアルバムを見て「お母さんも子供だったころがあるんだね」と言うことがあるが、それぐらい、「親が人間である」ということは、子供にとって特別なのだ。

この歌は、歌の天才である、和泉式部の娘、小式部内侍によるものだ。彼女は、母親のことをどう思っていたのだろう。和泉式部という一人の人間の才能を、母親という存在の向こう側から見つけ出す。そのときの、彼女の思いはどのようなものだったのか。歌は、貴族にとっては切っても切れない存在だ。母親の歌が名歌としてすでに多く残されている中で、彼女もまた歌を詠むこととなり、母の作を一つ一つ発見していく。それだけであれば、とても誇らしく、喜ばしい日々でもあっただろう。

しかし彼女は、周囲から「母親に代作してもらっているのでは?」なんて噂を立てられていた。それは、彼女の作品が、母親と遜色ないものである、なによりの証拠でもあったけれど、しかしやはりこれは屈辱でしかない。母親を誇りに思うことと、自分を誇らしく思うことは別だ。誰にでも「人生」があり、一人の人間として積み重ねていくものがある。なにより、それを教えてくれたのが、和泉式部であったはずで、だから、彼女も「歌」を詠みたいと思ったのではないか。研鑽し、「母を超える」とか「母に恥ずかしくないように」とか、そういうことではなくて、彼女は彼女として、幼いころ胸に湧いた「憧れ」に恥ずかしくない生き方をしようとしていた。それなのに、その結果として「代作」と疑われてしまった。彼女が踏みにじられたのはプライドだけじゃないだろう。

当時、母親は父と一緒に丹後国に引っ越してしまっていた。小式部内侍はひとりで、京の歌合に出向き、そこで、「お母さんに遣いはちゃんと出しました？　代作はちゃんと、届きました？」なんて言葉をかけられた。

「大江山を超えて、生野を通り、丹後国まで行くのは遠く、天橋立を私は踏んだこともありませんし、母からの手紙も見てはいません。」

それは、その返答としてとっさに詠まれた歌とされている。丹後国に行くまでの道中に、大江山と生野があり、また、天橋立は丹後国を代表とする名所だ。それらの地名を即座に歌に詠み込み、彼女は自らの才能を公の場で証明することとなった。この歌は、彼女が彼女の人生を取り返した、その瞬間の作だろう。

61

いにしへの　奈良《なら》の都《みやこ》の　八重桜《やへざくら》
けふ九重《ここのへ》に　にほひぬるかな

伊勢大輔

詩として、百人一首を現代訳していくとなると、まずはやはりそこにある衝動のようなもの、作者がその歌に込めようとした感情の動きを追いかけたくなるのだけれど、そうするとどうしても「うまさ」「機転の良さ」というものが評価された歌に対して、手が止まる。この歌は、奈良から八重桜が献上され、それを受け取る役割を担った伊勢大輔が、その場で一首詠むように命じられて、とっさに詠んだ歌と言われている。九重とは、宮中を指す言葉でもある。昔に都があった奈良から、現在の都である京に届いた八重桜。宮廷の中で咲くことで、さらに美しく咲いている、と桜だけでなく宮廷さえも称えている歌だ。なんというか「座布団一枚！」的な歌でもあるわけですが、しかしそんな楽しみ方が、この歌に対して誠実なわけもない。

詩人として言葉に向き合っていると、「うまい言い回し」というのは実は味方ではなく敵だなと思うことが多い。ひとの感情というのは、互いに完全に理解することは難しい。だから、どうしても「わからなさ」みたいなものがあり、それを飛び越えてなにかが共鳴した時、「わかる」「わかるよ」と告げるのだと思う。しかしそこにもしも、「うまい言い回し」があるとしたら、それは何よりも「わかりやすい」言葉として眼に映るだろう。わからないということを、すべて受け入れ、体を任せることができる人は少ない。わかる部分があれば、それを浮き輪のようにして、他のわからなさから逃れようとすることもある。うまい言い回しがあれば、必要以上にひとは、目を奪われるのだ。会話をしていて、うっかりダジャレみたいなことを言ってしまったら、「え、ダジャレっすか？」なんて急に話題が遠くに飛んでいくことがある。簡単にわかってしまう部分にとびついてしまうのは、たぶん本能なんだろう。

しかし本当に「うまさ」というのはすべて、そんな単純なものなんだろうか。曖昧さの中に、うっかり咲いてしまった、「わかりやすさ」とは隙でもある。ダジャレが笑いとして成立するのは、突然言葉が揃うからであって、すべての言葉が韻を踏んでいたら、それはむしろ言語芸術だろう。研ぎ澄まされた「うまさ」で、すべてを徹底してコントロールした作品があったとき、私たちは「うまいこと言うね！」だとか「ダジャレっすか、ダジャレ！」なんて、言えるわけがなかった。計算しつくされた飛行機のなめらかな曲線に言葉を失うように、私たちはただ、圧倒されるだけなのかもしれない。

この歌が評価されたのも、同じ「圧倒」があったからじゃないのか。うまいけれど、うまいという言葉では明らかに足りない。どこまでも華美だ。緻密に、巧妙に言葉を重ねてこその、華麗さがこの歌にはある。まず、徹底している。天皇に献上された桜。それを受け取り、八重桜を通じて、宮廷をも称える。この姿勢は自らの役目、そして歌の美しさとは何かを、すべて把握し、世界に徹底的に向き合い、そのすべてに美しく応えようとする。その姿勢と、そしてそれを促す当時の文化が私にはとても美しく見える。これは、感情だけではきっと作り出せないものだろう。美を優先し、美に真摯であろうとするとき、研ぎ澄まされた技術が望まれていく。心が心に共鳴するのではなく、絶景を前にして、心が吸い込まれていくような、そうした震えを目指して、この歌は生まれたように思っている。

62

夜《よ》をこめて 鳥《とり》の空音《そらね》は はかるとも
よに逢坂《あふさか》の 関《せき》はゆるさじ

清少納言

先に言っておきますが、わたしは清少納言大好きです。

よろしくおねがいいいたします。


この歌の「鳥の空音」とは、中国の故事をもとにしたもの。それはこんなお話。

「孟嘗君が追っ手から逃れるために、夜に秦を脱出しようとしていた。国境の函谷関まで来れたものの、関門は夜の間は閉じられていて大ピンチ！　そこで、彼の仲間が鶏のものまねをしたところ、門番がすっかりだまされて、関門は開けられた。無事、孟嘗君は逃げることができたのだ。」

この「鶏のものまね」をさすのが、歌における「鳥の空音」である。

前の晩にそそくさと帰ってしまった男友達が、翌朝「昨晩は鶏の声にせかされてさっさと帰っちゃったけど、ああきみのことが名残惜しいよ」と、まるで恋人みたいな歌を冗談で贈ってきたことがはじまりです。これは今でいう「ラブソングあるある」みたいなもの。男友達と遊んだ翌日「昨日はどーも」なんてＬＩＮＥしたら、また遊びたいという意味で「きみに会いたくて会いたくて震える」って言われるようなもの。夜に男性が女性の家を訪れ、翌朝帰宅してから「きみが名残惜しい」「早くまた会いたい」という歌を贈るのは当時の定番だったのです。親しくて、なおかつ、互いが「こいつと恋はしないだろうな」とわかりきっているからできるボケだ。しかし、しかし清少納言はそこに単純に乗ったりはせずに、「あら、その鶏の声って、あの函谷関をあけたという孟嘗君の鳴きまねですか？だってあなた、朝じゃなくて夜中に帰ったでしょ？（夜になんで鶏が鳴くのよ）」という冷静なツッコミを入れている。「いや帰ったん夜やったやん、鶏は鳴かへんのちゃう？」というツッコミだと、相手は「いや、えっと、そこじゃないんですけど……」みたいな気持ちにもなったかもしれない。「会いたくて会いたくて震える」ってＬＩＮＥしたら「明日学校で会うやん」って返ってきた感じかな。え、俺の西野カナについてはノータッチ？　みたいな。けれど清少納言の返答はきちんと彼のボケを函谷関の逸話を用いて拾っている（たぶんラブソングあるあるをそのまま拾うのは嫌だったんだと思う）。で、だからこそ男友達はボケ続けることができるのだ。清少納言の返事に対して「やだな、ぼくの場合は、函谷関じゃなくて、あなたに会いたい、の、逢坂の関ですよ〜」というような歌で、さらに「ラブソングあるあるる〜逢坂の関の巻〜」を披露したようだ。それで、清少納言はこの冒頭の歌を詠むこととなる。

「ふうん？　でも私につながる逢坂の関は、鶏の声なんかにだまされませんよ？　夜中にきたって開きませんからね。」

逢坂の関は当時実在していた地名ではあるが、その名前から恋の歌によく詠みこまれている。あなたにたどり着くための逢坂の関ですよ〜、という自分のボケの方向性を頑なに貫く友達に、やっぱり単純に乗ることも、完全なスルーもせずに、「私の心の門番は、鳴き真似にだまされるほど、セキュリティ甘くありませんけど？」というツッコミを入れる清少納言。たぶん、ラブソングあるある嫌だったんだと思う。意地でも自分はその方向性やらないからな、という意地を感じる。かわいい。なんか頭がキレて、ユーモアもあって、それでいてプライドもきちんと高くて、自分に誰より厳しい、そんな高校の同級生って感じしませんか？　私は、する。するから清少納言が好きだ！

「ノリ悪くない？」とか言われるのが怖くて、なんか好きになれない冗談にも乗ってしまうようなことがある学生時代でした、しかしそういうときにズバッと、嫌な部分を切り捨てるように、切り返して、なおかつ、ユーモアもあって、やられた側も楽しく嬉しくなれるようなこと、言える人って憧れだった。心臓が強く、プライドが高く、それに見合う鋭さと知性があるってもう、美しいなあ、美しいよ。私は清少納言のこういうところ、大好きです。鋭利なんだよなあ。鋭利であることが許される、そうした深さを持っているよな。

63
今《いま》はただ　思《おも》ひ絶《た》えなむ　とばかりを
人《ひと》づてならで　いふよしもがな

左京大夫道雅

作者の左京大夫道雅は、三条天皇の皇女、当子と関係を持っていた。しかし当時、皇女に自由な恋愛は許されておらず、関係が明らかになると三条天皇は激怒し、皇女に監視をつけ、二人の仲を引き裂いた。その際に贈られた歌とされている。

「今となってはもう、ただあなたへのこの思いを絶つつもりだと、それだけでも人づてでなく、直接お伝えする方法が、私にあればよかったのに。」

この恋は終わりだ、ということは、相手もきっとわかっているだろう。そう思いながらも、別れだけは自分の口から告げたいと、強く、強く願っている。引き裂かれても、もう永遠に会えなくても、私はずっとあなたのことを思っています、という別れの形もある。けれど、彼は、「諦めます」と告げることを願っていた。それは、諦めることができる程度の愛だったから、というわけではないだろう。それなら、直接それを伝えたいなどとは思わないはずだ。彼がそう望んだ理由はなんだったのだろう?

引き裂かれてしまえば、まるで自分の半身が奪われてしまったような痛みが走るだろう。二人の身分は違うのだ、別の人生を生きる定めなのだと言われても、二人はたったひとつの道しかないように感じていた。いつまでも傷口からは血が流れ、そうして立つこともままならなくなる。彼は、彼女にその傷口をもう閉じてくれ、と告げたいのではないだろうか。私はあなたを諦める、だからあなたも私を諦めて、その苦しみから逃れてください。相手も自分と同じぐらいに苦しんでいるだろう、自分のことを愛していただろう、そう確信が抱けるのは、彼らの愛が取り返しがつかないほど深まっていた証拠にも思うし、諦めるという告白が、彼女をさらに苦しめることも知っている、だからこそ彼は直接に言いたい。愛を語り合ったそのころのように。

きっと、「諦めます」という言葉も、彼らには「愛しています」という告白になってしまうのだろう。深く愛していました、だからこそ、諦めます。あなたも、私を諦めてください。愛を語り合うように、別れることを祈っていた。

彼の願いは叶うことなく、それから二人が会うことはなかった。皇女はのちに尼となり、若くして亡くなってしまう。彼もまた、このことが原因で出世は叶わず、すさんだ日々を送ったと言われている。

64

朝《あさ》ぼらけ　宇治《うぢ》の川霧《かはぎり》　たえだえに
あらはれわたる　瀬々《せぜ》の網代木《あじろぎ》

権中納言定頼

夜明けの時間、と書くと、私たちはある時間の一瞬を想像するというよりも、夜がゆっくりとしらんで、朝になっていくその一連の空や町の様子を想像する。ただ「夜」とか「朝」とか書くときと違って、自然と情景が動画になるのだ。そうした夜明けの時間を示す「朝ぼらけ」から始まる歌は、まさに、そこで再生ボタンを押すような、そういう歌だと思っている。

「ぼんやりと夜があけてきたころ、宇治川の霧がだんだんと消えていき、現れてくる川瀬の網代木よ。」

ただただ目の前で、夜が終わり、朝がやってくる。それを静画として切り取ることはできない。網代木というのは、魚を取るための罠を設置するため、浅瀬にうちつけた杭のことだ。霧がだんだん途切れていく、そのすきまから杭が、のぞいた。霧というのは世界がどこで終わるのか、ということすら曖昧にするから、その先に、杭が見えたとき、ある意味ではそれが世界の果てのようにも見える。次第に霧はほとんどが消え、目の前に、特別であったはずの杭があちこちに並んで立っているのが見えるのだろう。ああ、これはただの網代木か、とそこでふっと気づくのだ。戻ってきたのかもしれない、世界が私のところに、戻ってきていた。気づくとすっかり、「朝」になっていた。気づくと、すっかり、私は、停止ボタンを押していた。

65

恨《うら》みわび　ほさぬ袖《そで》だに　あるものを
恋《こひ》に朽《く》ちなむ　名《な》こそ惜《を》しけれ

相模

「もう、恨み続ける気力もない。涙で濡れて、乾くこともない袖だって惜しいのに、その上、この恋で私の名前も朽ちていくなんて。」と、いうような歌です。

名前というのは、愛のための器のように思うこともある。

愛おしいその人が声にして呼ぶあいだ、自らの名前はなによりも美しい調べに聞こえるのかもしれません。当時は、夜に男性が女性の家を訪れて、最初の対面をするという。つまり、声で最初に名を呼ばれるのは、まっくらな、まだ相手の顔を知ることのない時間なのです。そのときの響きは、きっと、朝にその人の顔を見たとしても、その後何度逢瀬を繰り返したとしても、忘れられないのではないか。暗闇の中、その人が呼ぶ自らの名前が、ある意味では目印のようになる。光りはしないけれど、でも、松明のように、彼の存在を照らしている。彼は、きちんと私のところに来てくれた、そうして私を愛してくれている。そんな、目印になったはずだ。

いつのまにか相手の気持ちは変わってしまい、歌は届くことなく、彼が訪れることもなくなってしまった。呼ばれなくなった私の名前は、代わりに、誰かがおもしろおかしくする噂話に登場している。あの人と関係があったらしい、もう捨てられてしまったらしい、なんて、軽く語られる私の名前。朽ちていく、と感じるのも、当然のように思う。それは誇張だとか、苦しみのあまりの言葉選びだとか、そういうことではない。本当に、自らの名前が醜く思えてくるのだろう。

それを呼んだのが、どれほど愛おしい人であろうが、どれほど多くの人であろうが、しかしその名前は私だけのものなのだ。私だけが、その名と共に生きていく、どんなに美しく響いても、どんなに醜く囁かれても、その名前とともに生きるのは私だけ。この歌における「名」は、評判を意味する言葉としても読めるのだけれど、最初から他者に委ねてしまう評判よりも、本来は、たった一人の自分自身のものである名前が、愛おしい人によって輝き、そうして今度は不特定多数の噂で朽ちていく、というどうやっても恋にふりまわされてしまう様として捉えた方が納得がいく。なぜなら、それに対して、相模は「惜しい」としているから。あなた方には惜しくもないものでしょう、朽ちたところでどうだっていいだろうし、美しく響いただなんて、あの人も当時、気づかなかったことでしょう。名前の響きの美しさ、醜さに気づくことができるのは、その名前とともに生きてきた「私」だけなのだ。

この名前を惜しいと思えるのは、私だけなのだ。私だけ。恋に破れ、浮名が流れてしまったことで、やっと我に返った「私」に名前が帰ってきたようにも見える。

66

もろともに あはれと思《おも》へ 山桜《やまざくら》
花《はな》よりほかに 知《し》る人《ひと》もなし

大僧正行尊

突然、思いもよらない相手に出会ったとき、喜びや驚きよりも先に、風のような感覚に包まれる。そうして、それだけでいいように感じるのだ。もう、嬉しいとか、びっくりとか、思いたくない。このすべての空気が入れ替わったような爽やかさを、いつまでも感じていたい。感情も思考も追いつかないという、そのことがまた心地よかった。それを、この歌は「あはれ」と呼んでいる気がしている。

大峰山で修行を積んでいた大僧正行尊が、山中で一本の山桜に出会い、この歌を詠んだ、とされている。

「私がきみに抱いたこの想いと同じものを、きみも、私に抱いてくれよ。ここには、私の気持ちを知ってくれる人は、きみ以外、だれもいないのだから。」

山道を歩いていたそのとき、ふと見上げたところに山桜が一本だけ咲いていた。その、すっと心の中に風が吹くような感覚。「その感覚を、きみも私に抱いてくれただろうか。」待ち合わせともまた違うだろう。偶然の出会いは、別物であった相手と自分の周波数が一瞬だけ一致し、すべてを共有できたような感覚にさせてくれる。もしかすればそれは、人と人の出会いよりも、人でないものとの出会いのほうが、顕著であるのかもしれない。語り合うことも、思いあうこともできないはずの山桜と、目が合った。わかりあえた、ような気がした。この歌には、そうした出会いが、そのときのやわらかさのままで、描かれているように思う。

67

春《はる》の夜《よ》の 夢《ゆめ》ばかりなる 手枕《たまくら》に
かひなく立《た》たむ 名《な》こそ惜《を》しけれ

周防内侍

春の夜、作者の周防内侍が女房たちと遅くまで語り合っていた。次第に眠くなってきた作者が「枕が欲しいなあ」と呟いたのを聞いて、御簾の外で女性たちの会話を聞いていた藤原忠家がすっと腕を御簾の下から差し出し、「これを枕に」と冗談で言った。それに対して、「春の夜に見る夢のように儚い戯れに、あなたの腕を借りてしまったら、悪い評判が立ってしまう。そんなことになったら、口惜しいじゃないですか。」と返したのがこの歌。「春の夜の夢」というのは、はかないもののたとえによく用いられる。言葉の並びからしてロマンチックで、艶もあるけれど、しかし状況を考えるとそのきらめき溢れるロマンチックは、しらけた空気を一変させるための「あえて」のきらめきだったのでは、なんてことを思ってしまう。

忠家が御簾の外から聞いていた、ということからもわかるように、当時の女性というのは、関係を持たない男性には姿を見せないようにとても気を配っている。女性たちの空間に、にゅっと男性の腕が現れる、というのは今の時代では想像ができないほど異様だったと思うのだけれどどうなのだろう。デリカシーがない、とか、女房たちマジドン引き、とかなかったんだろうか。普通に、心配になる。腕枕というのは、契りを交わした男女が行うもの、という認識もやはり当時あったようで、私はさらにさらに心配になるのだった。だいたいここで「はい、ありがとうございます」と枕に使ってしまったら、差し出した忠家だってドン引きしたのでは？　つまり、相手に対して、こういう返答をすればうまいことスルーできますよ、というわかりやすい逃げ道のない、返答のために頭フル回転必至の冗談を投げかけたという点において、関西人としてわたくし「あかんやろ」と言いたくなります。下ネタだという以前に、ボケとツッコミの観点から言ってもデリカシーがないねん。ねむいゆうとるやろ、周防内侍は。ねむいひとにそんなめんどいボケをかますな。

「そうそう、こういう枕探してたんですわ〜、あ〜、高さもちょうどいい〜、ってなんでやねーん！」とか、できる時代&立場ならいいとは思うんですけれど。

と、いうわけでこの歌は、当時も「機転の利いた返し」として評価され、小倉百人一首にも収録されることとなった。百人一首の歌というのはいくつか、「機転の利いた返し」モノがあり、大抵は、デリカシーのない問いかけに対して、うまいこと言い返している歌だったりする。つまり「そんなこと言うの？　ひどくない？」って言いたくなるような状況がまずあり、その酷さが引き立て役となり、歌の良さがさらにまして見えるって感じなのです。この歌が彼女の歌の中で一番かといえばそういうわけではなく、というか、こういう歌って「デリカシーの無さに書かされた」感があるのですよね。彼女が進んで書きたくて書いたのだ、というより（まあ歌は「書く」じゃなくて「詠む」ですけど……）。そういう歌が彼女の代表作として百人一首に選ばれるのはなんだか悲しくも思うのだった。私ならもっとのびのびと書いたものを、代表歌にしてほしいわけですよ！　しかし一方で、考えてみれば、こうした困ったやり取りの中で、「歌」という選択肢が会話にあるのはとても強くていいなと思う。自らの才能や技術、プライドをハッキリ見せながらも、相手を不快にさせることなく意見を述べることができる。「やだ、そんな〜、やめてください〜、キャハ」とか言うのは「なんで私がデリカシーのない奴のご機嫌とりに走らなあかんねん」という苛立ちで、さらに不快度マックスだし、この濁った空気を浄化するぐらい美しい歌を、自らの美学によって詠みあげる、という方法があるというのはうらやましい。なにより、歌に対する敬意というのは、その場にいた誰もが当たり前のように持っているのだ。そこがいいよな。藤原忠家も、この歌をうけて、自分も歌を詠むことで返答している。周防内侍を軽んじているわけではないのだと、はっきりわかる（歌が出てきて慌てて姿勢を正したのかもしれないけれど）。歌を中心にして、敬意を交わす空気が生まれる。これって当時の人にとってとても救いだったのでは、と思うのです。

愛の告白のためだけに歌の技術が必要だったわけではないのだろうなあ。歌は単なる芸術ではなく、彼女たちの生活の一部でもあったわけか。めんどいこともくだらないこともあるような、日々のやりとりにおいて、キラリと光る大切な武器だったのかもしれないね。だとしたらこの歌は、たしかに愛おしい。そして百首のなかにある、というのも頷ける。小倉百人一首は、単なる傑作選や作品集ではなく、歌を通じて、貴族の生活や、日々を残そうとした詞華集なのだと思うから。

68

心《こころ》にも あらで憂《う》き世《よ》に ながらへば
恋《こひ》しかるべき 夜半《よは》の月《つき》かな

三条院

作者の三条院は、眼病を患っていた。また、天皇に即位したのち、内裏での火事が二度も発生、自分の孫を即位させたかった藤原道長に再三退位を迫られている。すでに実権を握っていた藤原道長をつっぱねることもできず、また、病はどんどん進行し、見えていたものがわからなくなっていく。この歌は、そうしたころに、詠まれた作品と言われている。

「そんなつもりはないけれど、でも、もしもこんな辛い世の中を生きながらえてしまったとしたら、この夜中に見えた月も、懐かしく思い出すのだろうなあ。」

生き長らえるつもりなどないけれど、という言い方は、たとえば身近な人が口にした言葉だとすれば、「そんな、悲観しないで」と言ってしまう気もする。けれど、彼は決して、悲観して詠んだのではないと思う、彼にとってはそれが「事実」なのだろう。未来のことを語る、ということに対して、私はほとんど抵抗を感じていないけれど、それは現代において健康に暮らしている私の、とても傲慢な感じ方だろう。彼はそう言わずにはいられないほど、未来の話をすることに違和感があったはずだ。「先がないことはわかっているんだけど、もし、ね、もしも、生き長らえたらね」ということを言わないで、未来の話をすることはできない。そして、この歌は、私たちには絶望の歌に見える、見えるけれど、彼にとっては、彼の、たったひとつの人生の歌である。毎日の歌、日常の歌。ただ、目の前の事実を歌っている、それだけのことだと思うのです。だからこそこの歌には、絶望のために絶望が歌われるのではなく、希望が一筋歌われている。今でも、見えている月があり、そうしてそれはいつか、見えなくなる月だろう。今の、この苦しい時間も、遠い未来の私にとっては羨ましいものかもしれない。私に、未来などないとは思うけれど。

病の苦しさ、立場の苦しさ、そうして未来のなさを、わざわざ悲しみとして、歌にしてしまうのではなくて、こうした希望を詠みこむことは、悲しみとともに生き続けた人物だからだろうか。けれど、彼にとってこれは「希望」でもなかっただろう。私から見ると、彼は、「さらに悪くなる」ことで「今」を慰めているように見える。が、そんなことをしたって、「今」は、地獄のままだ。不幸に見舞われたとき、「将来もっと苦しいことがあるはずだから」なんて言われたって困るだけだ、優しさにお礼を言わねばと焦り、疲弊もするかもしれなかった。今が、しんどいんだよ、未来の苦しさ、なんていう、机上の空論でしかないものが、今、「実感」としてやってきている苦しみをどうできるっていうんだろう？

彼は、たぶん「どうできる」なんてこと、考えなかったのだろう。月が、今見えることは、未来の自分には特別かもしれないと、彼は本当にそう思っただけだろう。何が慰めになるのか、希望になるのか、そんなことを探すことはもはやしなかったのではないだろうか。悪化する病とともに生き、辛かった過去が今思うと「まだよかったなあ」と捉えてしまうこと、きっと、それまでもあったのだろう。大きな苦しみと、さらに大きな苦しみをならべて、相対的にこちらが幸せだったと言えるのは、その渦中にいない人間だけだ。彼は「まだよかったなあ」と思いながらも、過去の自分がみじんも慰められないこともわかっていた。自分の現在の痛みも変わらないことを知っていた。ただ、そこには、経過した時間があり、そのなかには、自分の日々がある。痛みの変容として、過去の記憶が残っている。思い出が刻み込まれている。だから、そうして「思い出す」のかなあ。痛みとともにあった、美しい月、花、親しい人、語り合った言葉。苦しくても、彼は生きてきた時間を否定はしないのだろう、彼の「恋しかるべき」というのは、今の自分を羨むだろう、というだけでなくて、過ぎていく時間、そうしてそこを「生きてきた」そのことを、思い返さずにはいられない、（もし可能ならば）生きていきたいと願っている自分への、どこまでも誠実な言葉に思う。

69

嵐《あらし》吹く 三室《みむろ》の山《やま》の もみぢ葉《ば》は
龍田《たつた》の川《かは》の 錦《にしき》なりけり

能因法師

「嵐が吹いて、三室山の紅葉が散り、龍田川に舞い降り、錦を織るように流れていった。」という歌。

三室山も龍田川も、紅葉の名所として知られていた。ふたつは近い場所にあるわけではなかったが、フィクションとして歌の中で同居させ、華やかな作品に仕上げている。けれど私は、風に乗って舞う紅葉や、桜吹雪を目で追っていける自信はないし、もしかしたら、そうした風に乗るものたちは、私たちのしらない次元でつながっているのかもしれない、なんてことも思う。私たちは三次元世界を見つめ、右から左へと流れていくものを追っていくけれど、そのなかで一枚や二枚、紅葉がすっと空間から消え、遠く離れた川の上に舞う紅葉たちの群れに、まざったとしても、気づかないだろう。幽霊のように、そこにいたものが、遠くにすっと現れる。美しさをたたえた存在には、そうしたことができたっておかしくないと思っています。そうして、風をきっかけに空間を飛び交う紅葉が、水の流れによってまとめ上げられ、一つの錦織を作るのだ。

70

寂《さび》しさに 宿《やど》を立《た》ち出《い》でて 眺《なが》むれば
いづこも同《おな》じ 秋《あき》の夕暮《ゆふぐ》れ

良暹法師

「あまりに寂しくて庵から外に出てみたけれど、どこもかしこもおんなじで、秋の夕暮れがそこにはあった。」という歌。ここでいう「宿」とは暮らしている家のことだ。

さみしさは一人きりでじっとしているときには、案外そこまでやってこないもので、誰かと一緒にいるときのほうが、彫刻刀で彫り出されていくように自分のさみしさがくっきりとわかる。ただ、だからといって一人でずっと、部屋に閉じこもっていると、そうしたさみしさの形がぼやけていくというか、次第にどこまでがさみしさだったのか、どこからが静けさなのか、わからなくなる。そういうときに外に出て、人通りの多い道なんかを見ていると、妙に安心をするよなあ。癒された、とかそういうことではなく、自分にはさみしさがあり、そうしてさみしさと共に生きていくしかないのだということを、きちんと捉えることができるからだろう。得体の知れないものではなく、自分の中にある一つの感情としてさみしさが、箱に収まってくれるのだ。

けれどこの歌では、外にでても、秋の夕暮れが始まり、世界中がその色に染まっていく。夕暮れの時間は、空だけでなく、建物や町がすべて夕焼け色に染まっていくのが悲しい。すれ違う人もその色に染まり、そうして自分だけが置き去りにされたように感じてしまう。世界に出ていったのに、世界の中に入れていないような、まだ、その外側にいるような、つまり自分は部屋から出られていないような、気がしてしまう。そういうさみしさなのかなあ、この歌は。一人きりでいることで膨らんでいったさみしさが、秋のさみしさとつながり、さらに広がり続けていくような。

71

夕《ゆふ》されば 門田《かどた》の稲葉《いなば》 おとづれて
葦《あし》のまろやに 秋風《あきかぜ》ぞ吹《ふ》く

大納言経信

「夕方には門前の田んぼの稲葉の音をたて、秋風が、葦でできた小屋にまで吹いてくる。」という歌。

風が、音を連れてくるのか。音が、風を連れてくるのか。この歌を読んでいるとわからなくなる。というより、そのどちらでもあるように思えてくる。私たちは、本当は、風が先か音が先か、確かめることができない。風は、肌に触れるまで、その姿を感じることはできないし、近づいてくる風は、私たちにとって、音でしかない。本当は、音でしかない。

この歌は、そういう歌だ。音として近づいて、そうして最後にやっと風として、「私」のいる小屋までやってくる。ふと、正体なんてものを知ることが、真実を知ることではないのかもしれない、なんてことを思う。

72

音《おと》に聞《き》く 高師《たかし》の浜《はま》の あだ波《なみ》は
かけじや袖《そで》の ぬれもこそすれ

祐子内親王家紀伊

「高師の浜辺に立つという、あの有名なあだ波（いたずらに立つ波）が、袖にかからないようにしましょう。浮気性で有名なあなたのことも、わたし、考えないようにしましょう。袖が涙で濡れてしまわないよう。」

海の波に男性をたとえているのだけれど、この比喩が、男女関係の隅々までゆきわたるように効いているのがおもしろい。浮気性の男性をあだ波にたとえることは当時の定番ではあったようだけれど、まずそのたとえの奥行きに驚く。あだ波というのは、浅瀬で無駄に波がたつ、その様のこと。要するに、本気の愛ではないわけだ、軽薄で、ちょっといいなと思ったらすぐに声をかけてくるような男性のことだろうか（そして相手が本気になると、ちゃっかり逃げてしまうのだろうな）。それでいて波は、不要だろうというほど多く立つ。たくさんの女性に声をかけるその姿のたとえでもあるんだろうけれど、たぶん、これ、浮気っぽい男性のマメさのたとえでもあると思うんですよね。本気で思ってくれるのだろうかと、つい信じたくなるほどに、女性にマメに思いを伝えていたのかもしれません。

袖が濡れるというのは、悲しみのたとえとしてよく用いられるけれど、今回は「あだ波で濡れる」。ということは、浜辺で立っているわけではないのだろうな。だって、屈んでいないと、浜辺の波が袖まで濡らすことはない。波に手だって、伸ばしていたのかもしれません。

断りの歌ではある。あなたは浮気性だと有名だから、私は相手にしませんとはっきり告げている。けれど言い寄られたら一度は断るっていう当時のお決まりパターンをなぞっただけのようにも見える。さらに言いよってくれたなら、考えるかもしれません、ってこと？　でも、だとするとこの歌、断りというよりむしろ、「本気で思ってくれているんですか？」と確かめる気持ち、そして、「私だって惹かれてはいるんです」という告白の歌にも見えてくる。こうした複雑な心情を、シンプルな比喩で貫くことで、ただ思いをそのままで言葉にするよりも、すんなり飲み込めるものに変えてしまっているの、あまりにも力強く、コミュ力のようなものを（まさかの歌に）感じてしまう。

比喩というのは、決して、現実をぼかして、美しく見せるためだけの表現ではない。直接語るのではなく、比喩だからこそ伝わる、というものののためにに用いられることのほうが本懐であり、比喩が、現実をより生々しく、力強く見せることは多々あるはずだ。比喩が、感情とは別の次元の世界を連れてきてくれるからなのかなあ。たとえば、海。この言葉にはこの言葉の生きている世界がある。海、と聞けば波や浜、魚や海藻、潮の匂い、浅瀬で立つと、足裏にやってくるこそばゆい感触。それぞれの人に海に対する記憶があり、感情とはまったく別の「世界」がこの言葉には備わっている。感情のために感情の言葉を用いるよりも、使える言葉が増えていくのだ。たとえ、文中に登場するのは海という一言だけであったとしても、私たちはそれを通じてあの世界を見る。あの世界とともに、その言葉と向き合う。あだ波で袖が濡れると聞いて、「それは屈んでいなければいけないのでは」なんてことを想像してしまったのもそれだろう。感情は、視覚的にはイメージできない。けれど、比喩によってそれが可能になり、女性が「それでも惹かれている」その様を感じ取ることができるんだろうなあ。読み手の想像力すら起動させて、作品の世界を拡大していく。感情は、感情だけで語っても不十分なんだ。

歌が恋文だったという当時のことを思うと、つい面倒そうだ、なんて思ってしまう。けれど、もしかしたら歌のほうが伝わりやすかったかもしれないね。彼らにとっては、単なるお手紙よりも、単なる言付けよりも、ずっとお手軽で、効果的な手段だったのではないかなあ。受け取る側だって、きっと、ただの言葉よりわかりやすかったのかもしれない。分かりやすく説明しなくちゃいけないって、会話するたびに焦ってしまう私だけれど、こういうのはすごく、羨ましいなと思います。

73

高砂《たかさご》の 尾《を》の上《へ》の桜《さくら》 咲《さ》きにけり
外山《とやま》の霞《かすみ》 立《た》たずもあらなむ

権中納言匡房

遠くのものを見つめていると、感覚が針のように研ぎ澄まされて、すうっと、自分の存在が閉じていくのがわかる、細まって、細まって、そうして消えてしまうのだ。目を凝らすとき、まぶたをきゅっと閉じて、視界を狭めていくのに似ている。遠くにある山の峰の桜を見つめるとき、それは、視界だけでなく、嗅覚も触覚も、桜に届こうと伸びていく。体にある「私」は、そうして消えていく。近くに存在するものも、巻き込まれるようにして消えていく。それが、「集中」だとしたら、この歌にはそれがない。歌の通りに読むとなんだか矛盾を感じてしまう。

「遠くにある山の、高い峯のところに桜が咲いている。（それを見ていたいから）手前の低い山の霞よ、どうか立たないでくれ。」

「桜に集中したならば、霞のことなど忘れてしまうのでは？」と、私はつい思ってしまう。そして、実際は桜ではなくて、「桜と霞」の組み合わせ、その遠近感にこそ、作者は惹かれたのだろうと思った。レースのカーテンのように霞が桜にかかろうかどうか、悩んで揺れているのが愛おしくて、歌のなかで、桜に恋をしたふりをした。私には、そんな歌に見えている。

74

憂《う》かりける　人《ひと》を初瀬《はつせ》の　山《やま》おろしよ
激《はげ》しかれとは　祈《いの》らぬものを

源俊頼朝臣

「つれなかったあの人が、ふりむいてくれますようにと祈りました。それなのに、どうしてですか、初瀬の山おろしよ。この冷たい風のように、あの人がさらに冷たくなるなんて。そんなこと、私は祈らなかったはずなのに。」という歌。

初瀬は地名で、恋にご利益があるとされていた長谷寺がある場所。作者の源俊頼は過去にここで、恋の祈りをしていたようだ。

祈りに、本気ですべてをかけていたわけではないだろう。けれど、願いが叶わなかったとき、「どうして」と問いかけることができるのは、相手でも自分でもなく、「祈り」だけなのかもしれない。祈るそのときよりも、ずっと、祈りというものを信じてしまうのではないか。「信じていたのに」と恨み言を言うために。

恋をしている間は、できることはすべてしてしまいたかった。おまじないや祈りを、本気で信じていたわけでなくても、とりあえず、何もかもに手を出してしまう。願いが叶わなかったとき、そうした過去の自分の痕跡が、すべて傷口となり血を吹き出すのだろうか。当時は「とりあえず」で行った祈りも、今では「信じていたのに」と恨み言を投げつける対象となる。もしかしたらそのために、祈りやおまじないはあるのだろうか、なんてことまで思ってしまう。

75

契《ちぎ》りおきし させもが露《つゆ》を 命《いのち》にて
あはれ今年《ことし》の 秋《あき》も去《い》ぬめり

藤原基俊

興福寺で行われる維摩会の維摩経の講師に、僧であった自分の息子を選んでくれるよう主催者の藤原忠通に頼んでいた。当時は、この役目を担うことができれば、僧としての出世は確約されたようなものであったらしい。忠通からは「しみぢが原」という返事が届く。これは、新古今集の「なほ頼めしめぢが原のさせも草わが世の中にあらむ限りは」（ただただ頼りにしなさい。たとえしめぢが原のヨモギのように、心を焦がすように苦しむことがあっても。私がこの世にいる限りは。）という歌を示したもので、つまり「任せなさい」という意味であった。ところが、実際にはこの約束は破られ、今年も息子は選ばれなかった。その際に、詠まれた歌だ。

「約束をした『させも草』という露のついたありがたいお言葉を、命のように思ってきたのに、なんてことか、今年の秋も去っていってしまいます。」

私はこれほどに信じていた、これほどに、あなたの言葉を頼りにしていた、それなのに、また虚しい秋が来てしまいました、という、なんだかチクチクとした言い回し。息子の出世のためにした根回しの末の歌でもあり、なおかつ、作者の基俊は、他人にとても厳しい人で、批判ばかりを口にしていた人物でもあるらしく、そういうところもあって、悪い印象を呼びがちな歌だ。ただ、貴族という身分制度がある時点で、当時は根回しなんてあちこちで起きていたことだろうし、ありすぎて、大した意味もなかっただろう。ここでも、それは実を結んでいない。また、基俊のように、批判ばっか言って、周囲から嫌われているような人物は、空気も読めず、世渡りが下手だし、コミュニケーション能力などない。そういう人物がやる根回しって、たぶん大したことないと思うんですよね。世渡りが下手で、うまく媚びることのできない人間が、息子のために珍しく必死になって奔走し、それを受け流すためだけに相手が発した軽い言葉を、「ああ、ありがたい！」とあっさり本気で信じてしまい、結果、約束をだめ押しすることもなく、うきうき家で吉報を待っていたせいで秋がすっかり過ぎてしまったというのがこの歌のオチではないのか。なので、この歌のチクチクは、皮肉とか嫌みとかではなく、きっと、この人の性格によるもの。彼は本気で「ありがたい」って思ったし、手遅れになってから慌てて、秋が来ちゃったじゃないかと怒っているんだと思います。たぶん、そういう不器用さの出た歌なんだと思います。

76

わたの原《はら》　漕《こ》ぎ出《い》でて見《み》れば　久方《ひさかた》の
雲居《くもゐ》にまがふ　沖《おき》つ白波《しらなみ》

法性寺入道前関白太政大臣

「ひろい海に漕ぎ出でて、見ると雲と見分けのつかない沖の白波があることだ。」

海と空の境界線があいまいとなり、雲と白波が混ざり合う。地上にいたころ、地平線は青と緑に縁取られ、絶対的な境界線だった。そうして、それを見つめる私も、遠くの誰かが見る地平線の一部として、境界線の一部として、見えているのかもしれない。地上に立つ、ということは、地平線に立つということでもあるのだろう。この歌は、海と空を見つめた歌だ、それならばその主人公は海の上にいるのだろうか。水平線を見つめる、その彼もまた、水平線に立ち尽くしている一人だろう。海と空の境界線は、青と青で縁取られ、そうして、次第に曖昧になる。空と海は、雲と白波を媒介にして混ざり合っていった。そのなかに、彼自身もいたのかもしれない。自分を見失っていくように、ぼやけていく境界線へと溶け込んで、そうしてこの歌が彼の口からこぼれ落ちたのか。青と白だけの世界。歌が、たったひとつ、残るのだろうか。

77

瀬《せ》をはやみ 岩《いは》にせかる 滝川《たきがは》の
われても末《すゑ》に 逢《あ》はむとぞ思《おも》ふ

崇徳院

大人になるたびに「また」という別れの挨拶が、社交辞令の色に染まる。本当に「また」会うことがあるかなんて、深く考えもせず「また」「またね」と言葉を交わし、なんの感傷もないまま会わなくなっていく、そんな知り合いも多くなっていた。「また」と言うことに特段なんの意味も持たなくなったころ、私は改めて「瀬をはやみ」の歌に出会い、ああ、私は本当に穏やかな人生を生きているのだなと思った。

百人一首を現代訳する、けれど、ただ言葉を正確に一つ一つ訳していくというよりは、歌が生まれたそのときに、「ああこれを歌にしよう！」と作者が震えた、その衝動をなぞりたい。「瀬をはやみ」を訳するため、私は崇徳院の不遇の人生になんどもなんども触れていった。そうしてそのたび、突き刺すような光が私のなかにたしかに残っていったんだ。

「お前は私の子ではないのではないか」、そう父親に疑われ、疎まれ、ついには帝の地位も権力も奪われ、その後は歌に没頭したという崇徳院。「瀬をはやみ」は、川の急流が岩にぶつかり二手に分かれても、また一つにまとまっていくように、私とあなたも今は別れるけれど、またいつか必ず会おうと思う、という歌だ。恋の歌であるはずだけど、背景をふまえると、奪われた地位や権力を必ず取り戻してやる、という執念の歌とも捉えることができる。できるが、私はそのことは訳す際にはあまり気にはしていなかった。崇徳院が歌にそうした裏の意味をこめたのかどうか、それは今では決してわからない。歌そのものはやはり恋の歌だ。そして私は「また会おう」という、強く、それでいて、澄み切ったような、運命も偶然も何もかもを信じ、そしてそれを凌駕するような決意をかんじるこの歌が、不遇な人生を生きた崇徳院から生まれたことにとても興味があった。

この歌は、地位を奪われたその後に詠まれたものだという。権力争いに負け、もう会えなくなった人も大勢いただろう、死ぬまで会えないと覚悟した時があっただろう。現代に生きる私とは、きっと「会えない」の絶望感が違ったはずだ。大昔の同級生もフェイスブックを探せばきっと見つかるし、無関係だと思った人が友達の友達ぐらいの関係だったりすることもある。けれど、当時の社会には、身分の違いで人と人のあいだには超えることのできない壁があり、地位や権力によってもさらにさらに仕切られる。もう会えない、ということを、ただ理解するのでも、想像するのでもなく、体と心に刻み込まれるように経験した崇徳院にとって、その後の新しい出会いも、かろうじてつなぎとめた昔からの絆も、どこか脆く見えたのではないか。いつ失ってもおかしくはない、そんな悲しさがつきまとっていたのではないか。

私は、崇徳院がそれでも「逢はむとぞ思ふ」と詠んだそのことに、執念というより、恋が見せる夢に心を絡め取られながらも、その眩しさに命のすべてを投げ出すように、覚悟を決め、直視しつづける純粋さを感じていた。ただの無垢な純粋さではない、研ぎ澄まされたナイフのような、純粋さ。訳すならば、この感覚をかならず、そのまま残したかった。

澄み切った恋の歌は、訳そうとすると、星をにぎりしめるように熱くて、私はただ燃えていくよりも、その歌のように光を発するまで、強く強く信じなければと思った。「また」と日常の上澄みのように繰り返していた日々は、いつのまにか消えていた。運命より偶然より、あなたという人を、私という人間を、信じるように書こうとしていた。私が言う「またね」にも光の一粒が混ざっていったように、すこしだけ、思う。

78

淡路島《あはぢしま》 通《かよ》ふ千鳥《ちどり》の 鳴《な》く声《こゑ》に
幾夜《いくよ》寝覚《ねざ》めぬ 須磨《すま》の関守《せきもり》

源兼昌

「淡路島から飛んでくる千鳥の鳴く声に、須磨の関守は幾夜、目を覚ましたことだろう。」という歌。旅先の須磨で宿泊していた人物が、千鳥の声を聞いて歌を詠んだ、という設定で詠まれたものだ。千鳥は家族や友のことを思って鳴くと言われていた。須磨の関は当時、既になくなっていたが、過去の関守たちに思いを馳せている。ここで須磨が選ばれたのは源氏物語の須磨の巻にある、「友千鳥諸声に鳴く暁はひとり寝覚めの床もたのもし」という歌から。都落ちを選び、須磨に退去した光源氏が、「千鳥が友を呼び、ともに鳴く声を聞く暁時は、一人で眠り、そうしてふと目覚めた、そんなさみしいときにも、心強く感じられる」と詠んだものだ。

旅先でふと目覚めたときに聞こえる、風の音、鳥の声。耳は塞ぐことができない、できないのに、その音にどうしても慣れることができない。旅に出てきたなあ、という実感にもつながるし、眠る時間は特に、居心地の悪さを感じる。壁や窓によって、風の音というのはだいぶ生々しさが違ってくるし、鳥もまた、種類が異なってくるだろう。そういう意味では、旅先で千鳥の声を聞いた人物は、関守とも源氏とも少し状況が違っている。彼らは、異なった環境にもうすでに慣れつつあるのだ。最初にその声を聞いたときの、さみしさ、その場に対する違和感だけが、いつまでも心に這いつくばっている。それに慣れた自分というのを、日に日に意識するようになるのだろう。

朝、ふと目が覚めて、千鳥の声を聞くというのは、慣れてきたはずの新しい土地で、急に過去や故郷を思い出してしまうことにもつながっている。源氏はそこで聞こえる千鳥の賑やかさを「たのもし」と詠んでいるが、目覚めるきっかけを作り出したのも千鳥だ。きっと、故郷を思い出すきっかけも。新しい土地で暮らせば、そのうち、慣れていくことができる。その慣れは自分を励ますが、それでいて、さみしさを呼び寄せるものでもあった。暮らす場所を変えて、何もかもが平気になることはないのだろう。悲しみも増え、強さも増える。それだけのことに違いない。

この歌は、そうした「新しい土地で暮らす人々」と「すぐに帰る予定の旅人」の間にある隔たりを浮かび上がらせるものでもある。こんなにさみしいところで暮らす人々は、どのような気持ちなのだろう、と、想いを馳せているようで少しも馳せていないように読み取ることもできる。もしくは、このさみしさを頼もしいと思うこともあるのか、故郷を思うって、一体どういうことなのだろう、と旅先で眠れないなか考えてしまう歌であるのかもしれない。誰だって、自分はずっと同じ場所で生きていくのだと確信することなどできないのだから。

79

秋風《あきかぜ》に たなびく雲《くも》の 絶《た》え間《ま》より
もれ出《い》づる月《つき》の 影《かげ》のさやけさ

左京大夫顕輔

「影のさやけさ」という響きの美しいことよ。

「秋風にたなびく雲の絶え間から、漏れ出ている月の光の、なんと澄んでいることか。」という歌。影とは、ここでは光のこと。「さやけさ」は現代ではなかなか使われない言葉だけど、澄んでいる、みたいな意味。しかし使われていない言葉だからこそ、この言葉を音として堪能できるのかもとも思う。

「もれ出づる」というのが、かなり物質的で、まさか空にある月の話とは思えない。もっと簡単に触れるもの、水だとか、油だとか、そういう重みのあるものに感じる。月の光が雲からこぼれていることを、一切ファンタジーのない現実的な言葉で表現する一方、月の影を「さやけさ」と呼ぶ。急に、ぱっと光を、無重力の世界へ、帰していくようで鮮やかだ。本当は響きだけが美しいのではなく、こうした流れが余計に「影のさやけさ」を印象深くしている。月の光が澄んでいる、というだけなら当たり前のことを言っているに過ぎないのに、それを胸の奥まで伝えるために、歌のすべてが献身的に設計されている。

80

ながからむ　心《こころ》も知《し》らず　黒髪《くろかみ》の
乱《みだ》れて今朝《けさ》は　ものをこそ思《おも》へ

待賢門院堀河

「長くあなたを愛します、そう言ったあなたの心がわからない。黒髪のように私の心も乱れていて、今朝は、物思いにふけっています。」

当時の女性の髪は背丈ほどあったと言われている。私たちが髪の乱れ、とイメージするのはもつれるとか、からまるとかだけれど、このころの女性にとっては、もっと波打ち、膨らんでいくような、そういうものだったのだろうか。

永遠の愛を誓った人の心がわからない、というのは、そんな言葉信じられない、ということだろう。それでも、一刀両断にできるわけもなく、からまった髪をとくように、なんども手を止め、ほぐしながら、「それでも、それでも、もしかしたら」と、信じようとしている。信じられないと思った自分が間違っているなんてことはないだろう。確実にそれはそうなのだ、そこは覆ることはない。けれどそれでも、髪に触れてしまう指先のように、なんとか信じようとしてしまう自分を抑えられない。彼ではなく、彼女自身が、彼女の不安を作っている。信じられないと言い切ることができるならば、信じようとしないでいられたら、むしろ不安などないだろう。今彼がくれる愛だけを信じて、永遠など期待せずに、ときめいていられたはずだ。永遠を諦め切れない彼女の心が、彼女を苦しめている。

恋愛に関しては、現実的な自分と、夢見がちな自分が、同居しつづけ、どちらも引こうとしないものであるように思う。たとえば、「永遠を約束できない」と彼に言われたら、彼女はショックを受けつつも、理解を示すだろう。「そうね、永遠なんて言えるものじゃないしね」。それでも今、愛してくれるならそれで、今の私は幸福、という態度を見せるかもしれない。彼の正直さに応えようとするかもしれない（実際に正直だから言ったのかはわからない。正直なふりをして、相手に理解を引き出させようとする罠もこの世にはある）。けれど、彼女の理解には確実に無理もあるだろう、そして、かといって嘘の考えでもない。受け入れたいと願いながら、

「それでも永遠を約束してくれたら良かったのに。どうして、嘘をついてくれないのだろう（私だって本気にはしないのに）」と苦しむのだろうと思う。しかしこうして実際に約束をされると、今度は現実的な自分が、見抜いてしまう。「どうして、そんな嘘をつくの？」それでいて幻滅などできない。髪をとくように、すばらしい真実が、眠っている気がして、いつまでも櫛を動かしてしまう。扱い切れない自分、というのが、神経の通っていない「髪」によって表されていると思うとおもしろい歌だ。

81

ほととぎす 鳴《な》きつる方《かた》を 眺《なが》むれば
ただ有明《ありあけ》の 月《つき》ぞ残《のこ》れる

後徳大寺左大臣

「ほととぎすが鳴いた方角を眺めてみれば、ほととぎすはどこにもおらず、ただ有明の月がそこに残っていた。」という歌。

ほととぎすは夏のはじまりに現れる鳥であり、明け方に鳴くとされている。当時の人々には非常に愛されていて、ほととぎすの声を聞くために夜通し待ってみたりもしていたらしい。この作者である後徳大寺左大臣も、ほととぎすの鳴き声に喜んで、姿を見ようと振り向いたのだ。しかしそこにほととぎすはおらず、ただ夜が明けたころに見える「有明の月」がそこにあった。ああ、もう朝か、ということを、ほととぎすの残像を捉えるように考える。ああ、もう夏か、ということもまた、ほととぎすの伝言のように思い出す。朝も夏も訪れたのに、それを知らせたほととぎすだけが、私の前に現れない。（いつのまにか現れて、それに自分が気づかない、というのはむしろ朝や夏の方であるのが一般的なので、見えないのはほととぎす、というのは逆転していて面白いな。）

82

思《おも》ひわび　さても命《いのち》は　あるものを
憂《う》きに堪《た》へぬは　涙《なみだ》なりけり

道因法師

これは、どこまでもつれない相手のことを思い、悩み、死ぬほど辛いというのに、それでも私は生きながらえて、辛さに耐えきれず涙が溢れてきています、というような歌。ふしぎだ、「あなたが振り向いてくれないから、私は死んでしまいそうです」というような絶望の伝え方もあるのに、「死ぬほど辛い、けれどどうにか生き延びている、そうして辛さのあまり、涙が溢れてきています」ということの表現には、くっきりとした絶望とは違う「辛さ」が棲んでいるように思う。

ピンと張った糸がいくつもある。それがぶつぶつと切れていき、ああ私はもう死んでしまうのだろうか、と思うのだけれど、たった一本が切れずに残り、そうしてピンと張っている。今にも切れてしまいそう、けれど切れずにそこにある、という切迫感が、「むしろすべて切れてくれていたら」という願いを生んでいく。私がこの歌を読んで最初にイメージしたのは、こうした一本の糸がピンと張っている様だった。死ぬほどの辛さに晒されながらも、かろうじて生きている。それは実際に死んでしまうことよりは、「辛くない」と言えるのだろうか。命が失われるかどうか、ということは、最後の最後は自分の体にも、心にも、委ねられていないのかもしれない。それが運命だとか、神様だとか、言われるものなのかはわからないけれど、「死んでしまったほうが楽なのに」と苦しみながら生きながらえる人のあり方を、私は不自然とは思わない（この歌は道因法師が若いころに詠んだものと言われているが、道因法師はその後九〇歳まで生きている）。むしろ、その「生きながらえる」という様が、もしかしたら人の「生きる」ということそのものなのかもしれず……。幸福で、なにも疑うことがなく、死ぬことなど想像ができないまま、生きるということを強く意識することもないまま、幾つもの糸を垂れ下げて生きることより、ずっと「生」を感じるし、それもまた皮肉な話だ。悲しみは「死」によって終わることはないし、たった一本の糸であっても、むしろその「一本」であることが、「生」を強調し、そうして、悲しみが半永久的に続いていくことを示唆している。

悲しみが自分を殺してしまうのではなくて、悲しみが自分とともに生きようとしている。生あるものとして生まれた苦しみのようなものも、ここにはあるのかもしれない。

糸だ、と最初に思った。そうして、涙という言葉を見たとき、その糸に伝うように涙が、一粒一粒流れていくことを想像していた。糸は切れない、だから、涙も永遠に、そこを伝う、流れていく。永遠の悲しみそのものを、詠んだ歌であると思う。

83

世《よ》の中《なか》よ　道《みち》こそなけれ　思《おも》ひ入《い》る
山《やま》の奥《おく》にも　鹿《しか》ぞ鳴《な》くなる

皇太后宮大夫俊成

「世の中に道などないと思いつめて、山の奥へと入り込むけれど、そこでも鹿が鳴いている。」

当時は戦乱の世でもあり、作者の俊成のまわりでも、出家する人が多く出ていた。彼はまだ二十代であったが、出家を考えながら、俗世から逃れるように山の中へと入っていく。そのとき、雄鹿の雌を求める悲痛な鳴き声が響き、どこに行こうが、たとえ出家をしようが、悩みや苦しみからは逃れられないのだ、と思い知ることとなった。この歌はそのときのことを詠んだもの。苦しみや悩みから逃れようとしながらも、不意打ちのように別の場所から、苦しみがぱっと顔を出す。逃れるとはなんなのか、私が逃れようとする、苦しみだけがこの世の中にある苦しみなのか。

どこに行こうが苦しみはあるのだ、そうした悟りが自らを楽にするわけではないが、それでも俯瞰して、物事を冷静に捉えようとする。そのときに、彼に気づきを与えるのが、人生経験や年老いた人の助言ではなく、鹿の鳴き声だというのがこの歌のよさだろう。どのような物事も、自分と切り離し、並列に見つめる、そうしたニュートラルさを感じる。人生経験から「苦しみから完全に逃れることはできない」と、歳をとって悟ることはできるだろう、しかしそのころにはきっと、鹿によって気づかされるということもなくなっていると思うのだ。ある意味で、この世のすべては自分とは関係なく、自分の過去や未来すら、今の自分とは関係なく、だから、そのすべてに、いつだってうっすらと接続していくことができるような。そんな軽さだ。ぴょん、と空を飛んでしまうように俯瞰をして、自らの傷口すら遠くから眺め、他人事のように捉えることで、「この世」だとか「人生」だとか、そうした大きな主語で物事を思考できてしまう。柔軟さ、と呼べるタイプの若さを感じる歌だと思う。

84

ながらへば　またこのごろや　しのばれむ
憂《う》しと見《み》し世《よ》ぞ　今《いま》は恋《こひ》しき

藤原清輔朝臣

「生きながらえたなら、この今のことが懐かしくなるのだろう。辛いとしか思えなかった昔のことが、今は恋しく思えるのだから。」

「恋しくて」「しのばれる」ことはあったとしても、あのころに戻りたくなるわけではない。これ、ある意味では「他人事」だから言える言葉だと思う。今は「過去」とは別の時間だから、外側から見ればそりゃあ、かわいく思える苦しみも悲しみもあるだろうな。もはや嘆くのではなく、過去の自分に同情をしている（同情は、どうしたって心地よい）。過去の自分は現在にとっては、他者であるし、そうして切り離されていくことが、今の私を慰めることにもならないということも、この作者はわかっているのだろう。

同じように、今のこの辛い時間を、未来の私は「懐かしい」と思うかもしれない。それは、とても腹の立つことだ。こっちは辛いのに、懐かしむなよ。ただ、今だって過去のことを「懐かしい」と思ってしまうから、だからしかたなく慰められたふりをする。

私はこれらのことが、とてもいいなと思っている。本当に、過去というのは他人だし、他人事としてしか言えないのは普通のことだ。いつまでも自分の事のように思いやることはできないし、そこに気づかないふりをして過去の自分に「わかるわかる」と連呼する方が、ずっと嘘くさいと私は思う。そうして、「恋し」くは思っても、戻りたいとは言わないところが、ずるくて、そして正直だ。戻りたいとか、今よりまだマシだったし、あのころの自分は大げさだった、とか言い出すものなら最低で、自分のことでも、過去や未来は、今の自分と並列には語れない。比較などできるわけがない。そうした、雑な対比表現から距離を置いているこの歌は、正直なくせにとても清潔だと思う。未来の自分が懐かしむからって、辛い今が慰められるとは思わないけれど、この言葉は、本当は、慰めるためのものではないのだろう。いつだって苦しみはあり、悲しみはあり、それでも未来はやってきて、生きる時間は長く長く続いていく。「ながらへば」という言葉から、それでも生きていくことを当たり前のように受け入れている、その姿勢を感じられる。生きたいとか、生きたくない、とかではない、ただそこには疑いを持たない、苦しくても、辛くても、ただ当たり前のように朝を迎え、生きていく。そういう人の歌だ。恋しさも懐かしさも、その静かでいて力強い流れによって、たちあがる小さな波でしかない。

85

夜《よ》もすがら　もの思《おも》ふころは　明《あ》けやらで
閨《ねや》のひまさへ　つれなかりけり

俊恵法師

閨とは寝室、ひまとは隙間のこと。「一晩中もの思いにふける最近は、夜がいつまでも明けず、寝室の隙間さえつれなく感じる。」という歌。俊恵法師が待たされる女性の立場で詠んだ歌。寝室の隙間から、朝日が溢れてくるはずなのに、なかなかそうはならない、ということに「つれなさ」を感じている。あなただけでなく、部屋の隙間すら、つれなく感じるこのごろです。

彼がいつ来てもいいように、と待つあいだ、空間は、彼のために用意された空席となり、彼がそこに収まるまでは、大きな穴があいているように思う。自分の部屋であるはずなのに、自分がいても、主人が不在であるかのように落ち着きがない。もはや来るはずもない、そうはわかっていても、期待をやめてしまっても、夜である限り、空間はぽっかりと空いていた。せめて、朝がくれば、暗闇の中に光がこぼれ、そうして、穴は埋められていく。けれどそうはならない。いつまでも穴の中で、自分自身がそこにいることも不明瞭に感じながら、ぼんやりと闇を見つめている。

部屋の暗闇というのは、暮らすその人のパーソナルスペースでもある。自分自身の体と世界のあいだにあった「境界線」すら失って、部屋すべてが肉体のように感じられる。暗闇へと来てほしい人が来ない、というのは、自分が欠けたまま、朝を迎えることにも近いのだろうか。ひとりから、ふたりになり、そうして相手が去ってしまったとき、また「ひとり」に戻るのではない。もっと少なくなってしまうのかもしれないな。

86

嘆《なげ》けとて　月《つき》やはものを　思《おも》はする
かこち顔《がほ》なる　わが涙《なみだ》かな

西行法師

「嘆きなさいと言って、月が私にものを思いをさせるのか。そうではないはずなのに、それを言い訳にして、流れていく私の涙。」

涙に理由を求めたくはないのだ。たとえば、「お前のせいだ」とか「あいつが卑怯だから」とか「きみが愛してくれないから」とか。そういう理由を求めたくはないのだ。涙を流してしまった時点で、まるで自分はとてつもない不幸の中にいるような気がする。泣きたくなるときほど、自分をかわいそうだとは思いたくない。それなのに、流れてきてしまう涙が、自分を客観的に哀れんでいる。せめて、そこに理由などないと言いたい。月のせいだと言えるなら、それが一番いいんじゃないか。

もう一つ、別の涙についても考えてみる。

うつくしいものを見つめたとき、どうしてか涙が出てしまう、あれってなんなのだろうな。まるでその美しさのかわりに、自分が泣いているみたいだった。涙がじんわり出てくる中で、それがなんなのかわからない、ということにどうしようもなく心が安らぐ。声がほんとうは「言葉」ではなく「鳴き声」であったように、涙は、ほんとうは「悲しみの涙」ではなく、「美しさへの涙」だったのではないか。人の瞳に、そうした機能がそなわったころは、きっとそうだったのではないか。「感動」という言葉を使いたくはない。美しさが、自分の悩みに共鳴をした、なんてことも言いたくはない。ただ美しくて、だから涙が出てきてしまう。そこに理由なんていらないはずだ。

月を見つめて涙が出たとき、理由となりそうな悲しみや辛さも、きっとたくさんあるはずだけれど、それでも、そこに絞り込みたくはないと、慎重になる瞬間。涙を、感情のいいように利用したくはない。もしかしたらこの水滴は、私より月に近いものなのかもしれないな。「月が私に嘆けと言ったのだ」と身勝手に解釈するのと同じように、「涙は、私の悲しみのために流れたのだ」と思うのも、とても勝手で図々しいことなのかもしれない。誰よりも純粋なものとして扱いたい。私から流れた涙だからこそ。心とか気持ちとか、そういう言葉ですべてを把握したつもりでいた自分の、最後の聖域なのかもしれない。それを、いたわるように、「月のせいだ」と言っているのかもしれません。

87

村雨《むらさめ》の 露《つゆ》もまだ干《ひ》ぬ 真木《まき》の葉《は》に
霧立《きりた》ちのぼる 秋《あき》の夕暮《ゆふぐ》れ

寂蓮法師

「にわか雨の露もまだ乾いていない常緑樹の葉っぱに、霧が立ち上る秋の夕暮れ。」

そんな歌だ。

雨雲から降りてくる、雨粒たち。そうして木々の葉っぱにとどまる露。雨によって大地も草木も空気も湿って、次第に冷やされていく。そうして大気に漂う湿気は、小さな水滴に変わり、霧となる。そのすべてをくるむように、夜がゆっくり始まろうとする。


地球の、自転を感じていた。

大地、それから大気、雲、そのすべてが、同じように時間の流れに従って、そこにあるということ。その流れを作るのは、地軸だ、地球の回転だ。その動きそのものが、そっと私たちを、そして地上を大気を雲を覆うように、夜を生む。ゆうぐれのはじまりが、地球そのものの影のように、私たちの時間に封をする。

地球が丸いということを作者の寂蓮法師が知っていたかはわからない。それが回転をしていることはどうだろう。太古の人も水平線を見て地球の丸さに気づいたというから、知らなかったに違いないと断定はできないけれど、でも今のように正確に知ることはできなかったはずだ。それでも、すべてに同じように時というものが流れ、同じようにすべてに夜が来るのだということは、感じ取っていたはずだ。知識として地球の自転を知っている私より、ずっと自然に共鳴し、自然と自転に触れていた、のかもしれない。千年前の自然の歌は、そういう意味で読むのが楽しい。

88

難波江《なにはへ》の　葦《あし》のかりねの　ひとよゆゑ
　身《み》を尽《つ》くしてや　恋《こ》ひわたるべき

皇嘉門院別当

旅先での恋、というテーマで詠まれた歌だ。刈り根と仮寝（旅先で泊まる宿のこと）、一夜と一節、身をつくしてと澪標、と、いくつもの掛詞が存在している。

「難波の入り江にある、葦の刈り根の一節のように、短い、たった一夜の仮寝によって、私はあなたに恋をしてしまった。もう、澪標のように、身を滅ぼすまで、あなたに恋をしつづけるしかないのでしょうか。」

たった一晩の関係だったのに、永遠に忘れられない予感がしている。火がついてしまったのです、もう私ではどうしようもない、あなたはそれでも私を一夜限りの関係だったと思っているのでしょうね。それなら、私はどうしたらいいのか、この思いを抱いて、死んでいくしかないのだろうか？

一夜限りの関係であろうが、互いが惹かれ合えば、そこから始まる恋もある。けれど、今回はそうではなかった。だからこそ彼女は歌を詠んでいる。たった一晩のできごとを、私は生涯忘れられないだろう、そういう苦しみを、彼に伝えたところで、彼はなんとも思わないだろう。私だって最初は、一夜限りだと思っていた、本気になるつもりもなかった。だから、彼が今素っ気なく去っていくことは必然だとわかる。けれど、それでも恋をしてしまった、彼を責めたくもなる、どうしてそんなに私を惹きつけるのか。どうして、今日限りだと言えてしまうの。勝手だとは思いながらも、自分を燃やし、相手も燃やそうとするこの火を、私は消すことができないでいる。

そして、本当は彼に、この火は、決して届かない。そのことさえ、私はわかってしまっている。

愛し合ったわけでもなかった、彼は、私の苦しみを知ったところで、痛くもかゆくもないはずだ。私に恨まれたとしても、私が勝手に本気になったのだ、と軽く流して終わるのだろう。彼女はそれでも、彼が傷つくとどこかで信じて、歌を詠んでいるようだった。自分は、こんなにも焼き尽くされていくのに、彼に届いていないなんて信じられない。本当は痛いのではないですか？　私の苦しみ伝わっているのではないですか？　すがりつくような歌だ、私を好きになってくれませんか、という歌ではない、あなたにも私の苦しみが届いていませんか？　本当は、届いているのではないですか？　彼に本気を望んでいるのではない、自分が、本気になってしまったことを「わかってほしい」「受け止めてほしい」「恐れてほしい」そう望んでいる歌に見える。

89

玉《たま》の緒《を》よ 絶《た》えなば絶《た》えね ながらへば 忍《しの》ぶることの 弱《よわ》りもぞする

式子内親王

当時は、魂と肉体を「玉の緒」が繋ぎとめている、と考えられていた。「玉の緒よ、切れるなら切れてしまえ。このままでは、この思いを忍びつづけることなど、きっとできないから。」という歌。秘密の恋を隠し通すことなどきっとできない、だからもう、私の肉体よ、今に死んでしまうがいい。

当時、内親王の恋は一切禁じられていた。作者の式子内親王も、若いころは賀茂斎院(巫女)の職につき、生涯独身のままだったとされている。しかし「忍恋」をテーマにした歌合にて、この歌を詠んでおり、こちらからすると「恋を知らないわけではなかったのでないか」とつい思いたくもなる。恋がそれほどに、自分を暴走させるものであるということを、「命」を持ち出してまで描くその姿勢。それでいて、好きな人に会いたいとか、思いを伝えたいとか、そういう願望はもはや歌のどこにもない。ただ、誰にも知られたくないその一心でこの歌は詠まれている。それは、すべての希望を失って、追い詰められたことのある人の、言葉ではないかとも見える。閉ざされていく感覚が、より一層、隠された恋を神秘的にも見せている。

作者がどのような人生を生きたのか、ということは、作品の評価には本当は関係のないことだ。ただ、一方で平安貴族にとっての歌は、感情表現でもあり、恋文でもある。そのことを鑑みるとどうしても、作者の背景を追ってしまうし、それによって歌の捉え方が変わってしまうこともある。しかし、式子内親王が本当に恋をしたことがないのかどうかに関しては、この歌の価値をそう変えるものではないはずだ。むしろ、真実がどうか、ということよりも、歌に触れた人がその真実を知りたくなってしまう、というこの強すぎる歌の引力が私は気になっている。恋であるはずなのに、相手のことは一切、この歌に出てはこない。かといって、片思いであるような気配もなく、ただ自らの中で恋がくすぶり、そうして破滅に向かうようだ。それは、感情をたったひとつの体の中に押しとどめ、そうして時間をやり過ごしていく、内親王としての生き方も関係するのではないかと思った。望みも苦しみも、沈黙の中で耐えなければいけなかった。彼女が「死んでしまいたい」という表現で、忍恋を切り抜いたのは、そうした自らの体ひとつに閉じ込められる日々があったからではないか。相手になにかを託したり、相手になにかを願ったり、そういう発想が、彼女にはできなかったのかもしれない。それは、恋の経験がなかったとしてもだ。激しい感情ほど、自分の内で押し殺す必要があったし、それができなければ自分は死ぬしかない。そう追い詰められたことは、恋でないとしても、あったのかもしれない。この歌は、彼女の不自由さが大きく関わっていることは確かだろう。彼女には「恋」をそのようにしか切り取れなかった、とも言えるだろう。自由で、相手になにかを願ったり、強く非難したりする、なんてことはできなかった。世界を巻き込むような激しさもこの世にはあるが、彼女のは、自分を内側から破壊するような激しさ。ふと、恒星の重力崩壊に似ているな、と思う。

恋の歌を詠むために、恋の体験が必要だとは思わない。ただ、感情をどのように飼いならしてきたか、もしくは押し殺してきたか、ということは、大きく関わるものではあろうと思う。式子内親王の歌は、自由に恋ができたり、自由に思いを告げられたりする人々からすると、非常に暗く、閉ざされている。そのことが「なぜ」「どうして」「ここにどのような恋があったのか」という興味を呼び起こすのだろう。けれどその答えは彼女の恋物語ではなく、彼女の人生そのものにこそあったのではないかと私は思う。

90

見《み》せばやな　雄《を》島《じま》の海《あ》人《ま》の　袖《そで》だにも
濡《ぬ》れにぞ濡《ぬ》れし　色《いろ》は変《か》はらず

殷富門院大輔

「私のこの袖を、あなたに見せてやりたい。雄島の漁師ですら、袖がひどく濡れることはあっても、色は、変わらないというのに。（私の袖は血の涙で染まっています）」という歌。

濡れた袖という表現は、百人一首に多く登場するけれど、誰よりも自分自身がその冷たさに、その濡れに、触れ続けなければいけない、ということを考えてしまう。この歌の場合は「血の涙」、これは漢詩の影響で、当時は恋に破れると血の涙が流れると言われていたそうだ。袖に赤色がつくと、たとえ涙が乾いても、いつまでも視界に入り続けるだろう。泣いたということを思い出すたびに、恨みはさらに増していく。「見せてやりたい」というのは、自分の視界につねに赤色に濡れた袖があるから、とも思える。自分自身が傷ついているということを、本当は私だって知らぬふりしていたいのだ。あなたのようにね。あなたが、まるで私のことなど知らないといった態度でいるように、私も私のことを知らずにいたい。こんなに苦しいということなど知らずにいたいですよ？　ねえ、あなたにもこの袖を見せてやりたいものですよ。

悲しみが起点となるはずの涙は、流せば流すほど、心の奥から引きずりだすように、恨みの感情を呼び起こす。濡れた袖の歌を読むと、毎回そのことを思う。

91
きりぎりす 鳴《な》くや霜夜《しもよ》の さむしろに
衣《ころも》かたしき ひとりかも寝《ね》む

後京極摂政前太政大臣

ここでの「きりぎりす」はこおろぎのこと。

「コオロギがなく霜夜に、藁でできた敷物に着物の袖をしいて、私はひとりぼっちで眠るのだろうか。」

こおろぎは外が寒すぎると、暖かい場所をさがして、床下に入ってくるという。その鳴き声を聞きながら眠る、ということはそれほどに外は寒い、ということでもある。また、男女がともに眠る際は、ふたりの着物を敷いて寝ることから、自分の袖だけを敷くことを「片敷き」と呼び、一人で眠ることを表している。

3番の「あしひきの」と、古今集の「さむしろに衣かたしき今宵もや我を待つらむ宇治の橋姫」を本歌取りしている。元の歌が恋の歌であるため、この歌に描かれた「さみしさ」にも恋の気配がちらついて、それがレイヤーのように、歌に重なり、奥行きを生み出している。

当時の人にとっては、本歌取りされた歌は「みんなよく知っている」歌であり、これが本歌取りである、ということをわざわざ説明する必要もなかったのだろうと思う。そういう説明は多分、野暮とも言えたのではないか。現代ではその野暮しかできないのが息苦しい。正確な情報を説明されれば説明されるほど、歌が、自分から離れていく気がしている。もちろん、その効果を考えることはできるけれど、でもその歌だからこそあった「ゆらぎ」はもう消えているように思う。そして学び、知識として把握したとしても、やはり「みんな知っている」ものでないなら、それはどこまでも「知識」でしかなく「美」や「おもしろさ」には変わらないだろう。ジョジョを読んだことがない人に、ジョジョ立ちについて解説したって何一つ響かないし、むしろ説明によって、ジョジョ立ちが滑ることさえあるだろう。さきほどの「3番の『あしひきの』と、古今集の『さむしろに衣かたしき今宵もや我を待つらむ宇治の橋姫』を本歌取りしている」という私の説明も、だから作者からすれば迷惑でしかないのかもしれない。そんな説明が要るくらいなら、もう読んでくれなくていいから。なんて、思われていたっておかしくないんだ。

本歌取りは、歌が当時の人にとって芸術とかありがたいものであるだけでなく、生活の一部であり、言葉の流行や傾向を決めていくものでもあった証のように思う。熱が出てしんどくなったら「あらざらむやわ〜、これ」とか言っていたのかもしれないし「ひさかたの〜」「あ、それ、ひっさかったの〜」と言いながら桜の下で酒盛りをしていたかもしれない。歌が生活と紐づいていたのだな、ということが、本歌取りという形式からうっすら感じ取れるだけでも、幸せなのかもしれないな。

92

わが袖《そで》は　潮干《しほひ》に見《み》えぬ　沖《おき》の石《いし》の
人《ひと》こそ知《し》らね　かわく間《ま》もなし

二条院讃岐

「私の袖は、引き潮の時にすら見えない、沖の石のようです。誰も知ることはなく、そして乾くこともない。」という歌。「濡れた袖」というのは和歌では定番の表現で、涙が乾くことがないほどに悲しい、ということを伝えるために使われる。この歌はその「濡れた袖」という表現から、発展して生まれたものだ。

袖を濡らすのは、もちろん涙であったはずだけれど、沖の石とすることで、涙は海に変わっていく。と、すれば、ただ「絶えず流れていく」というだけではなくて、涙が蓄積されていく様も想像される。私はあなたを思って泣いてきました、そうしてその涙はたまり、海となり、そこに私は沈んでしまった、という表現は、私は一滴だって、流した涙を忘れませんし、待たされれば待たされるほど、つれなくされればされるほど、この苦しみは増えていくばかり、強まっていくばかりです、というような、悲しみが執念を煽るような面も見せていて面白い。当時は男性が女性を訪れていたから、急に彼が来なくなり、次第に音沙汰もなくなって自然消滅、というようなこともあっただろう。むしろ、男性はそうした自然消滅を一つの手法としていたかもしれず、それに対しての苦しみの表現として、「つれなくされればされるほど、（消えるどころか）増えていく」というのは、待たされる側の苦しみが滲み出てくるようにも思う。

音沙汰がないほど、つれなくされるほど、むしろ執念が煽られる、ということはきっとあるだろう。悲しい、悲しい、と思っていくうちに、その悲しみが執念に変わり、もはや自分はその人をまだ愛おしく思っているのか、それとも放置されたことで執念が燃えているだけなのか、わからなくなってくるような。涙が溜まっていく、それが海になっていく、さらには自分がそこに沈み、誰にも見えないところで苦しみ続ける。そうして自分自身も、涙以外は見えなくなるのだ。その悲しみ以外は見えなくなり、それが、まだ悲しみの姿をしているのか、執念の姿をしているのかも、わからなくなる。表現は非常にユニークで、その突飛さを楽しむこともできるけれど、奥にはかなり生々しい痛みがあるように思う。

こんな生々しい歌がどういう経緯で生まれたのかというと、「石に寄せた恋」というテーマで歌会が行われた際の歌らしい。あれ、苦しんで苦しんで、自然と生まれたのではないのか。と、思いつつ、いや、でも、テーマが与えられて、というのは、なんだか逆に納得でもある。私も仕事をしていると、テーマを与えられてのほうが、深いところにぐっと潜れるのでは？　と思うことがある。自分自身のフィールドで書くのではなくて、与えられた場で書くことになるから、きっと、「自分」がかなり浮き彫りになるのだろう。そうすると逆に言葉をさぐる感性は生々しくなっていく。そうして生々しい言葉は、それだけだと自分の内側に閉じこもった表現になりがちなのだけれど、テーマがあるおかげで、外への繋がりを持つことができる。この歌にある、生々しい苦しみは、テーマがあったからこそ、美しい歌に生まれ変わることができたのかもしれない。

93

世《よ》の中《なか》は 常《つね》にもがもな 渚漕《なぎさこ》ぐ
海人《あま》の小舟《をぶね》の 綱手《つなで》かなしも

鎌倉右大臣

「世の中はずっと変わらないでいてほしい。渚をこぐ漁師の小舟の、綱手を引く様子が、とても愛おしい。」

綱手は、船を海へ引っ張っていくための道具。変わらない日常の代表として、この様子を歌にしている。

作者の源実朝は、源頼朝の二男。生まれた当時は、頼朝も健在で、鎌倉幕府は安定の時期を迎えていた。しかし、実朝が幼いうちに頼朝は亡くなり、権力争いに巻き込まれていくこととなる。まず、二代目将軍となった兄の頼家が北条氏によって暗殺され、その北条氏に擁立される形で、実朝は十二歳で三代目将軍となった。実権は北条氏にうつり、幼かった実朝は、好きだった和歌の世界に没頭していく。しかし、体制は安定することはなかった。娘婿を将軍にしようとした北条氏が実朝の暗殺を目論んだり、頼家の息子を擁立する形で敵対する勢力が現れたり。そうした騒動のなかで、実朝は将軍として、信頼していた部下を殺さなければならなくもなった。自分にとって「絶対の味方」などいない、そして、自分自身も誰かの「絶対の味方」にはなれやしないのだ。そうしたことを思い知る日々だったはずだ。「変わらないでいてほしい」。それは、次の瞬間ですら「大丈夫」と思えない日々を生きていた彼だからこその言葉だろう。

あなたのことを愛し続ける。そんな約束ができなくてもよかった。愛や友情でなくてもよかった、ただ関わり合う人と、仕事の中だけでもいい、揺るぎない「信頼」を築いてみたかった。誰も信じられず、誰にも信じてもらえず、そうした日々が、自らの命の感触を曖昧にしていく。彼は、すべてのひとに忘れ去られ、消えていくような孤独とは無縁だ。将軍という立場ゆえに、すべてのひとがこちらをみている。ただ、こちらを見つめるその瞳に、殺意がちらつく。誰かは今も自分を殺そうとしているだろう、でも誰なのかはわからない。いや、すべての人がいつかはそうなるかもしれない。唯一わかるのは、誰も自分のことを忘れてはくれないということだ。死ぬまで私を、一人にはしてくれないということだ。

人と関わり続けなければならず、それでいて、誰も自分を信じていないし、自分も信じることができない。生きた心地がしない、とはこのことだと思う。友情とか愛情とか、そんなものは夢のまた夢。信じる、というのは、相手を一人の人間として見つめることだろう。相手にも利己的な部分はあるだろうし、自分と考えることは異なってくるはずだけれど、それでも、その人の中にある「人間らしさ」を信じてみる。他者という、全く異なる人間と向き合うかぎり、自分に都合良く物事が進むわけはない、それでも相手とともに歩むことをやめない、相手とともにいることを望むというのが「信じる」ということで、実朝は、他者を人として見つめることができない状況にまで追い詰められ、そうして誰にも人として扱われることがなかった。殺意や嫌悪感といった一瞬一瞬の感情が具現化したものとしてしか人を見つめることができなかった。そうした中で、彼が見つけた「変わらないもの」。それは遠くに見える漁師の、ルーティンワークによる、慣れた手つき。人が暮らし、人が生きていく、そのかけらのような瞬間だ。世界のどこかには、平穏があるのかもしれない、変わらないものがあるのかもしれない、人として生きることもありえたのかもしれない。そう思えることが、彼には癒しだったのだろうか。たとえ、自分には関係のないことであったとしても。

94

み吉野《よしの》の　山《やま》の秋風《あきかぜ》　さ夜更《よふ》けて
ふるさと寒《さむ》く　衣打《ころもう》つなり

参議雅経

「吉野の山に秋風が吹く。夜は更け、過去に栄えた吉野の地は寒々とし、衣を打つ音がただ聞こえる。」という歌。

当時は「衣を砧で叩いて光沢を出す」という習慣があり、この歌の「衣うつなり」はそのことを指している。平安よりさらに昔には、吉野の地には離宮があり、天皇や貴族が頻繁に訪れていたそうだ。しかし、平安のころにはそれも途絶え、吉野はすっかり寂れてしまっていた。秋のさみしさと、吉野の地を重ねるように詠むことで、失われた「過去」を彷彿とさせている。遠ざかっていくもの、消えていき、忘れ去られていくもの。どれほどにきらびやかな時間も、過ぎてしまえば、色褪せるばかりだ。そうした喪失感のなかで響き渡るのは、古代にも平安にも聞こえていた「衣を打つ音」。この歌は、過去の外側から、失われたものの外側から、寂しさを眺めていた私たちに、すっと、過去も今も変わらないのだと告げる。過去と今の境界を曖昧にし、今もいつかは失われること、明日もいつかは失われることを告げていた。そうして現代では、この「衣を打つ音」さえも私たちは聞くことができないでいる。

百人一首を訳す際、音を知らない、ということが致命的なように思えた。それは、前述したように、過去と現実の壁を打ち破るのがこの歌だから。知っている音が、今、聞こえる。そうして、過去にもこの音は、鳴り響いていたのだと知る。変わるもの、失われるものがある反面、変わらないもの、残り続けるものがある。そうして、だからこそ私たちは、失ったものに気づくのだろう。喪失を苦しむのだろう。この音は、歌において「変わらないもの」の象徴であり、それを「知らない」ということが、苦しかった。それで訳していいのだろうか？　どうしても気乗りしなかった。

そんなとき、清川あさみさんから、この歌の絵が届いたのだ。風景、それからいくつもの時間が、重なり合ったようなそんな絵だった。私が歌に対して抱いていた印象ととても近く、なにより、確かにその絵を見たとき「音が聞こえる」と思ったのだ。『千年後の百人一首』に収録された訳は、清川さんの絵が届いて、すぐに書いたもの。自分が歌に感じていたことが、絵としてはっきりと現れたことで、そこに織り込まれた音も、聞こえたのだと思う。（あとで清川さんに聞いてみたら、音のリズムを意識して絵を作られていたらしい。聞こえたというのは間違いなかったんだなあ。）94番、現代訳をするなかで、とても印象に残った歌です。

95

おほけなく 憂《う》き世《よ》の民《たみ》に おほふかな
わが立《た》つ杣《そま》に 墨染《すみぞめ》の袖《そで》

前大僧正慈円

「恐れ多くはありますが、この比叡山にて、この世の人々を、わたしの墨染の袖で、覆いたく思います。仏のご加護がありますように。」という歌。作者の慈円が、比叡山の修行に入る際、詠んだ歌。決意表明のようなものだと思う。当時、慈円はまだ若く、それが「おほけなく」という言葉に表れている。

夜の真っ暗な空は、黒であるということよりも、そのがらんどうな感じが恐ろしいのだ。昼間の空よりもずっと、高く、広く見える。自分自身が触れることのできない空間が、すぐそばにあること。自分自身が生きているつもりでも、その実感を疑ってしまいそうになる。宇宙の広さを想像すると、自分という肉体を一瞬見失いそうになるが、そういうことに近い。夜空は毎日頭上に広がるのであり、だからこそ余計に、考えたくはないものだと思う。月や星が愛おしく思えるのは、その「がらんどう」をごまかしてくれる存在でもあるからだろう。

この歌の、墨染の袖は、袈裟のことを指しているのだろうが、しかし夜の真っ暗な空とは違い、もっとやわらかさがあり、温かみのある黒が、頭上を覆うことだと思うこともできる。具体的な痛みや苦しみだけでなく、きっと、そうした生きるかぎりはやってくる不安も「覆う」歌だろう。

96

花《はな》さそふ 嵐《あらし》の庭《には》の 雪《ゆき》ならで
ふりゆくものは わが身《み》なりけり

入道前太政大臣

「桜の花が嵐に誘われて散るこの庭に、降る雪のようなものは、雪ではなく、私のこの体であった。」

ふる、という言葉が「降る」と「古る」をかけており、桜の散る姿と自らの老いていく姿を重ねているが、それ以上に、体もまた桜吹雪のように細かくばらばらと散っていくようなそういう情景が想像できる歌。桜の花がひとつ落ちることではなく、ここでは嵐によって大げさに散る「桜吹雪」と自らの老いを重ねている。感傷的なだけではないよな、これは、これでとても美しく、儚さと同時に、雄大さも感じてしまう。ここでいう老いは、きっと受け入れられたものであるのだろう。

桜吹雪に終わりはあるのだろうか？　一つの花に自らを重ねるなら、散ったそのときにすべてを失い終わりだ、とも思えるが、桜吹雪は集団で、そうして幹が残るのだ。儚さは弱まるだろう。けれど、どこか、こちらのほうが人間の老いとしてはリアルだと思う。老いて失うものはあるし、死んでしまえばもうなにもすることができない。けれど、無になるわけではない。私の亡骸はここに残るし、記憶も残る。死ぬということをむやみやたらに恐れてしまうけれど、それは桜の一輪の花として、今一瞬を生きている自分の細胞として、死を見るからだ。本当は私は、一本の桜の木である。今も、いくつもの花を散らしながら、生き続けている。これがすべて終わったとしても、そこで急にすべてを奪われるわけではない。今もずっと、失い続けている。そうして生き続けている。死はその延長線上にあるだけだ。きっと、生きる間にある喪失に比べれば、打たれるのは、とても小さなピリオドだろう。

97

来《こ》ぬ人《ひと》を　松帆《まつほ》の浦《うら》の　夕《ゆふ》なぎに
焼《や》くや藻《も》塩《しほ》の　身《み》もこがれつつ

権中納言定家

「来ないあの人を待っている。松帆の浦の夕なぎに、焼かれ、焦げていく藻塩のように、私も焦げていくばかり。」という歌。

夕凪とは夕方、波が穏やかになる時間のこと。空が真っ赤に染まり、そうして、海の波音がゆっくり小さくなっていく、光にも、波のようなものがあるのだろうか、海の波音が小さくなると同時、光もまた緩急をつけずに、じりじりと押しつぶしてくるように私に迫る。「藻塩を焼く」とは、海藻を焼いて、煮詰め、塩の結晶を取ることを指す。徹底的に水分を飛ばそうとする、そういう火が夕焼けの色と重なってくる。私は何の結晶となるのだろうか、恋かなあ、涙かなあ。悲しみや痛みの猶予時間というような、夕方の独特の空が、待つ自分と藻塩を重ねさせるのではないか。歌のたとえだけでなく、人を待ちながら、そうした歌を詠むというその人の「ぼんやり」とした瞳が想像できる歌だ。感情よりも先に、夕焼けの色が、瞳へと、染み込んでいくのだろう。

「来ないあの人」は、もしかしたら永遠に来ないのかもしれない。「来ぬ人を」というのは、なかなか来ない人、というだけでなく、これからもずっと来るわけもないあの人のことであるかもしれない。そのことを受け入れないために、まるで永遠に夕焼けが続く世界を望むように、彼は、待ち続けている。

98

風《かぜ》そよぐ　ならの小川《をがは》の　夕暮《ゆふぐれ》は
みそぎぞ夏《なつ》の　しるしなりける

従二位家隆

「風が楢の葉を揺らしている、上賀茂神社の小川の夕暮れには、禊《みそぎ》がおこなわれている、まだ夏であることの証だな。」

「楢の小川」とは、上賀茂神社の奈良社付近に流れている小川のこと。また、「禊」とは、当時行われていた「夏越しの禊」のことで、水で身をきよめ、罪を祓っていく。もうだいぶ涼しくなり、秋が来たのかなあと思いたくもなるけれど、視界には夏越しの禊。ああ、まだまだここは夏なんだなあ。

夏というのは、その時間がすべての季節の起点になっているのではないかと思えるほど、明快な存在で、真っ白に染めるような光と、熱が、自分の肉体を押しつぶすように迫ってくる。そうした夏がすこしだけ力を弱め、秋の気配をさせるとき、するりとほどけた空間に、自分の体やこころの成分が、流れ込んでいく。秋か、もう秋だな、と気持ちが早るのと同時、川で行われる涼しげな儀式に気づいたのだろう。水に反射した光は鋭くて、ほどけやしない。まだまだ夏だという、証拠を見つける。

夏って、真っ最中のころは「証拠」というより「主張」ってかんじ。聞いてもないのに「夏だ」「夏だ」って光も熱も湿気もうるさい。そういう声が弱まってきたころに、やっと「証拠」と呼べるかすかなものが目につくのだろうか。人が行う儀式って、やっぱり、光や湿度や暑さにくらべれば、かすかだと思います。人の営みとしての「夏」が、秋の気配とともに届いてくる、夏の末。

99

人《ひと》もをし　人《ひと》も恨《うら》めし　あぢきなく
世《よ》を思《おも》ふゆゑに　もの思《おも》ふ身《み》は

後鳥羽院

作者の後鳥羽院は鎌倉幕府が成立し、貴族が政治の世界から追いやられたころの人物。生まれたころにはすでに、平氏と源氏の対立が始まっていたとされるが、彼は平穏だった貴族社会を諦めきれず、貴族復権のために、幕府と対立。後に挙兵することとなる。人間への恨めしさにのまれ、世を諦める、そんなことはできなかった人物らしい歌だ。

「人間というものを、愛おしくも恨めしくも思う。つまらないこの世の中を思うがために、物思いに耽る私は。」

人間という存在は奇妙で複雑で単純で最低で最高で、愛おしくて、そうして恨めしくもあり、すべてが肯定できるわけでも否定できるわけでもない中で、だからこそ、ずっと彼らのことを考えてしまう。この世界について。どうしようもないこと、つまらないことも多々あるこの世界について。考えて、考えて、そうして悩んでいる私は、この世界を愛しているということになるのだろうか。きっと、愛してはいるだろう、それだけではないけれど。

この「人もをし人も恨めし」が、どのような意味であるのかは諸説ある。同じ人にたいして「愛おしくもあり恨めしくもある」と述べているのか、それとも、世の中には、愛おしい人もいるし恨めしい人もいる、という意味なのか。一人の人が常に愛おしい、なんてことはあるわけないし、だから、愛おしくもあり恨めしくもある、というのは確かである気がする。そうして、愛おしさが強く感じられる人と、恨めしさが強く感じられる人と、人によっても異なるというのも、確かだろう。他人でしかない存在をすべて把握することはできないし、人という存在に対して「好ましい」「好ましくない」と分類していくことなど不可能に思う。だから、関わりたいと思うのではないかな。愛おしい人には、恨めしさを打ち消すような愛おしさを求めて。恨めしい人には、少しでも恨めしさが紛れるような愛おしさを、求めて。関わらないでよかったはずの人に、どうしてか関わろうとしてしまって、あとで「無駄に」傷ついてしまう。そういうことってありませんか。好きになって、とても素敵だと思えた、それだけで思い出にすればよかったのに関わって、関わって、勝手に期待し勝手に幻滅してしまう。そういうことってありませんか。人の曖昧さに傷つき、それでも曖昧さゆえに関わることをやめられない。あなたのことが知りたいと、願い続けてしまうこと。後鳥羽院にとっては、それが世であり、政治であったのかもしれません。

100

百敷《ももしき》や　古《ふる》き軒端《のきば》の　しのぶにも
なほ余《あま》りある　昔《むかし》なりけり

順徳院

貴族の時代から、武士の時代へ。

順徳天皇は99番の後鳥羽院の息子で、父親と同じように貴族復権を志した人物でもあった。この歌には、すっかり時代の中心からおいやられた貴族の、過去の栄華への思いが詰め込まれている。

「宮中の古い軒の端に生えたしのぶ草。しのぶにもしのびきれない歴史があるなあ。」

歌にある「百敷」とは、「いくつもの石によって作られた」という意味で、その後、宮中を指す言葉として用いられるようになった。しのぶ草はさびれたところに生えるもの。すっかり力を失った貴族社会を表している。この歌が１００番目にある、百人一首のしめくくりとしてある、というのは、なんだか終わりゆく貴族の、消えていく栄華を、保存するために歌があるみたいだ。けれど、決して時間を止めるためのものではない、と今なら思う。百首、読んできた今ならば。

歌は時代を超えて残っていく。私たちは今、百人一首を楽しむことができるし、自らの感性で、作者の感情を辿っていくことさえできる。愛おしさやさみしさや苦しみや恨みが、今でも生々しく渦巻いていて、それらに触れた瞬間、目の前を覆っていた「時間」がさらさらと花びらのように散っていく。私がまったく知らない人、それも千年前の人たちに、共感するということがどうしてこんなにも心地よいのか。それは、私たちもまた、いつか千年前の人になるからかもしれない。時代が変われば、世界が変われば、時が流れていけば、毎日を覆うようにやってきたさみしさも喜びも、とても小さく見えるだろう、歴史として記録されていくうちに、あってもなくてもいいものとして、切り捨てられていくのだろう。政治の決定だけが、時代を牛耳ったものだけが、歴史として残っていく。私たちのほとんどは、きっと、そんなところに入り込むこともなく、消え失せていくのでしょうね。

忘れ去られたものがいくつもある。この、千年の間に。たとえ統治者であっても、毎日移り変わっていった思いは、孤独は、消えていくしかないのだろう。藤原定家の時代よりさらに五百年も昔、持統天皇が、あるとき、ふと夏の訪れに気づいた。そのことも、本来なら消え去っていたはずだ。それでも、歌は残っていた。歌を通じて、その瞬間を、何度も、何度も、平安の人々は感じていた。記憶が歴史に変わっていく中で消されてしまった「感性のまたたき」。けれど。歌は。たった五百年じゃないか。たった千年じゃないか。小さな悲しみも怒りも、個人的な恋愛模様にも、歌は、そう告げてくれる。私たちは、人間であるというそれだけで、時間を超えていけるのだろうか。きっと、超えていってしまうのだろうな。断絶し、終わっていく華やかな時代を、化石として残していく、そんな必要は決してなかった。私は、そう思う。定家も、きっとそう思っていた。

私たちはいつだって、あのころの息吹を、思うことができるよ。

きみは、忘れるかもしれない、今日思ったことを数年後には忘れるかもしれない。約束も、愛しさも、忘れるかもしれないけれど、でも千年後の誰かが、ふと思い出すかもしれないよ。点滅する光のようだ。完全に消えてしまった、そう思っても、いつかどこかでまた、光るのかもしれない。ずっと、そんなこと思いつきもしなかったけれど。

これまでのすべて。忘れてきたもの。けれど、それが、忘れたのではなくて、思い出されるのを待っているだけだとしたら、どうする？　感情が永遠だとは思えないよね。どれほど、自分を傷つけた怒りも悲しみも消えていくのだと知っている。そのことが余計に、傷を深くしていった。時間の流れは、人という生き物の本能だけは、静かに永遠を信じていたのかもしれない。

吸い寄せられるように言葉を追った。

知っている感情を見つけるたびに、新鮮だった。

見慣れたはずのものが、どれも、新鮮だった。

失ってきたつもりだったのかもしれない。全部ずーっと、ここにあったのか。そうしてまた、忘れていくのだろうなあ。忘れて、またいつか、思い出すんだろうなあ。

すべてはこだましつづける。そのすべてが、未来をさらに、深く、華やかにしていく。

重なり続けているよ、千年前の人の怒りも悲しみも、五百年前の人の喜びも驚きも、すべてがここに重なり続けている、私の思いもかならず、ここに、重なるのだろう。いつかの誰かの朝の、光となって。

あとがき

千年前に共感する、そう書いてきたけれど、これは本当は「共感」ではないだろう。わからないものばかりだ、千年前の人々の思いは。目の前にいるだれかの言葉が、伝わってきても、胸を打っても、その人の考えていることすべてを知り尽くすことはできないのと同じように。「ああ、この人は生きている」と震えるように思えたって、それでも、「わかる」とは少し違っていた。そのことを、ここに、最後に書いておきたい。

私は彼らではない、私は彼らと同じ人生を生きてはいない。だから、どれほど言葉を尽くして語ってくれても、歌にしてくれたとしても、完全に理解をすることなどできるわけもない。でも、それでも言葉を通じて、彼らの瞳を見ることはできる。彼らの人生を、見つめることはできる。彼・彼女という人間を、知り尽くすことはできないと認めることで、彼・彼女を、一人の人間として、思うことができる気がした。

この本で書いてきたことは、彼らの言葉に共振するようにして、彼らを目の前に立っている人のように感じ取れたそのとき、私が彼らに、ふと言いたくなったこと、もしくは言えないけれど、どうしたって考えてしまったこと、そういうことなのだと思う。だから「解説」とは違うのだろうし、彼らの気持ちを代弁することも私にはできない。それでも、わからないからこそ、近づいていけるものがあると思う。彼ら自身は彼らの瞳にどんな光が反射しているか、知らない。彼ら自身は、自らがどんな生を放っていたかを知らない。もしかすれば私は、外側から、それを見つめていたのかもしれない。

千年前の人の気持ちが、今と変わらないのだと思えること。けれど、それはやっぱり、今生きている人と向かい合うこととは違っている。決して、私は、彼らに直接会うことはできないんだ。彼らが私の見ている東京やインターネットを見ることはできないし、これから彼らが新たな言葉を生んでいくこともない。千年前の人々がそこに生きているように感じられること、けれどそれは同時に、大きな隔たりを感じることでもある。大きなさみしさを、感じることでもある。それが「千年」という時間の、手触りなのだと私は思う。

昔の言葉だから、昔と今では状況が違うから、歌を、生きた言葉として捉えることはできないなんて、そんなことは思わない。「千年」という時間は、そこにある感情を、生を、かき消していくようなものではなかった。ただ、遠くへと、流していってしまうのだ。だから。まだ見えるよ。まだ、たしかに感じられる。歌の向こうがわ、息づいているものがあるということ、生きている人がそこにいたのだということ。月のように。はっきりと見える。そして、とても、とても遠くにそれがあるということも知る。このさみしさを私は、心底うれしく感じている。千年。この時間が、私とあなたのあいだにあろうとも、私とあなたは「人」として見つめ合うことができるのだ。そう、知ることができたから。

あなたを見る。千年の向こうがわ。あなたがいる。千年の向こうがわ。

さみしくなれて、ほんとうに、よかった。

初出

28　山里は 冬ぞ寂しさ まさりける 人目も草も かれぬと思へば　…「京都新聞」二〇一八年一月一五日朝刊

52　明けぬれば 暮るるものとは 知りながら なほ恨めしき 朝ぼらけかな　…「暮しの手帖」二〇一八年一月二五日発売号（四世紀九二号）

77　瀬をはやみ 岩にせかるる 滝川の われても末に 逢はむとぞ思ふ　…「日本語学」二〇一八年四月号

加筆修正をして収録、それ以外は書き下ろし。

最果タヒ（さいはて・たひ）

一九八六年、神戸生まれ。二〇〇四年よりインターネット上で詩作をはじめ、翌年より「現代詩手帖」の新人作品欄に投稿をはじめる。二〇〇六年、現代詩手帖賞を受賞。二〇〇七年、詩集『グッドモーニング』を刊行、中原中也賞受賞、二〇一二年に詩集『空が分裂する』。

二〇一四年、詩集『死んでしまう系のぼくらに』刊行以降、詩の新しいムーブメントを席巻、同作で現代詩花椿賞受賞。二〇一六年の詩集『夜空はいつでも最高密度の青色だ』は二〇一七年に映画化され（『映画 夜空はいつでも最高密度の青色だ』石井裕也監督）、話題を呼んだ。二〇一七年に詩集『愛の縫い目はここ』。

小説家としても活躍し、『星か獣になる季節』『少女ABCDEFGHIJKLMN』『十代に共感する奴はみんな嘘つき』など。対談集に『ことばの恐竜』、エッセイ集に『きみの言い訳は最高の芸術』『もぐ∞』。

二〇一七年、清川あさみとの共著『千年後の百人一首』では一〇〇首の現代語訳をした。また同年、ルミネのクリスマスキャンペーンで詩を書いた。最新詩集は二〇一八年『天国と、とてつもない暇』。

百人一首という感情

二〇一八年一一月二二日　初版第一刷発行
二〇一八年一二月三一日　第二刷発行

著　者＝最果タヒ

発行者＝孫家邦
編　集＝熊谷新子
発行所＝株式会社リトルモア
〒一五一－〇〇五一　東京都渋谷区千駄ヶ谷三－五六－六
TEL＝〇三－三四〇一－一〇四二　FAX＝〇三－三四〇一－一〇五二
info@littlemore.co.jp　www.littlemore.co.jp

装釘・図匠＝小林一毅＋浅田農
印刷・製本＝シナノ印刷株式会社

Printed in Japan　ISBN 978-4-89815-487-8 C0092